U0028829

那一天

MAKE
OUR DAYS
COUNT
HIStory3

小說作者／冬彌
原著編劇／邵慧婷

Contents

角色介紹

項豪廷：活潑好動，做事單憑情緒，是個天不怕地不怕的人物。頭腦不錯，但總是不想花時間在學習上，曾經考過全年級第二名，但自此之後成績如跳崖似的一落千丈，萬劫不復，連父母都拿他沒轍。因為成天與朋友們嘻嘻哈哈，打打鬧鬧，惹出不少事情，不羈的個性，吸引了校園中不少的目光，是學校裡的風雲人物。

于希顧：個性獨立，不喜歡占人便宜，也討厭被同情。父母因為意外雙雙離世，從小就寄養在姑姑家。但後來不想再增加姑姑的負擔，便努力用功爭取獎學金，並靠著自己課餘打工的錢，過著自給自足的簡單生活。因為沒有多餘的錢可以跟同學們吃喝玩樂，因此也沒有什麼同輩朋友，漸漸的就變成了校園中的獨行俠，女學生也將其視為如謫仙般的人物。

孫博翔：個性單純、衝動，做事經常一往無前，不計後果。項豪廷的好朋友。因為被堂哥孫文傑叫去顧自家開的健身房，而認識了健身房的會員盧志剛，並對他一見鍾情；是項豪廷感情路上的一盞明燈，但自己的感情路也走得不順遂。

盧志剛：正直善良，樂心助人。因為過往失敗的戀愛經歷，而害怕敞開心胸。雖說是白手起家，但經濟環境不錯，有著自己的事業。于希顧在他的店裡打工，知道于的生活經濟狀況不好，平時很照顧于，總會準備一些食物餵養于希顧。

夏　恩：夏得的雙胞胎哥哥，項豪廷的朋友。家境不錯，經常吐露出有錢人的氣息，與項豪廷、孫博翔、高群同在一個班級。雖說很有義氣，但個性衝動，喜歡用拳頭解決事情。

夏　得：夏恩的雙胞胎弟弟，項豪廷的朋友。與于希顧同班。對於于希顧因為夏恩的挑撥，而被朋友們針對的情形，懷有歉意，因此經常偷偷關懷著于希顧，並在兄弟們的聚會中替于希顧說話。

高　群：項豪廷的好朋友。朋友們都稱他為校園歐爸。雖說同項豪廷那群火爆分子做朋友，但因為家教嚴格，個性較為溫馴，經常被兄弟們戲耍逗弄，也總是笑臉迎人。兄弟間與夏恩感情最好，被夏恩暱稱為高小群。

序章

人會有許多無法忘記的畫面與回憶，那象徵著感情、羈絆、牽掛與深刻，同一種主題的無法忘懷，十個人就能有百種相異。

項豪廷同樣有無法忘記的，只是他的畫面與記憶中的主角都是同一個人。

那一天，你發現了我。

那一天，我們相遇。

那一天，我們都懷著怒氣。

那一天，你的眼淚。

那一天，第一次的親吻。

那一天，我們一起看星星。

那一天，我以為已經擁有了幸福。

即使所有的那一天隨著時間逝去，仍深刻地停留在我的心底。

好多好多畫面，都代表了獨一無二的那一天。

他總是站在最靠近星星的地方仰望夜空，想著兩人曾經歷過的樁樁件件，悄悄滑出嘴脣的呼喚溫柔且飽含感慨，一字一句不斷重複，那個名字是他的靈魂，無法切割。

「于希顧，于希顧，于希顧……」

第一章

裝滿冰塊的冰袋輕輕放在傷處，拿著它的女人滿臉擔心，問：「這裡嗎？」

「嗯……噢嗚！」

說時遲那時快，擔心瞬間被怒氣取代，傷處遭受二次攻擊，痛得項豪廷皺眉。

李思妤沒打算放過他，頻頻叨唸他因為考差了被老師罵，就在課堂上頂撞老師，還耍帥橫跨課桌椅離開教室，甚至翻牆去買炸雞沒留神撞到肩膀，實在太衝動了。

運動員愛用的冰鎮噴霧有效舒緩了不適，李思妤嘴上罵著卻還是細心替他照料傷處。項豪廷愛玩的性子頓起，捧著胸口說「這裡痛」，兩人相視而笑，最後親吻在一起，可正當他們情到深處，準備直接在保健室內上演親熱戲碼時——

刷！

床簾被毫無預警地拉開，于希顧咬著筆站在那兒看著他們，一臉尷尬，進退兩難。

胃好痛。

于希顧用手按著胃部輕輕按摩，以往這樣做了一會兒後就能舒服點，今天卻有越來越糾結的趨勢，他只能放棄午餐往保健室走去。保健老師深知他的情況特殊，總會讓他在床上睡一會兒。

他穿越過走廊，沉悶的臉上毫無情緒，既沒有終於從課堂上解脫的輕鬆、也不見終於能吃午餐一解飢餓的期待，他像一潭死水，養活不了任何生物，除了……

疾行的腳步漸緩，最終停留在布告欄前。

毫無波瀾的眼眸在那張寫滿國字與數字的紙張上停留，不需尋覓就能看見那個名字。

項豪廷。

這次他又回到了從後頭往前數更快的老位置上。

衝到第二名那次害他花了點時間從後往前一個個看，還訝異這個人的深藏不露而開始留意，如今看來這名次才是常態。

良久過後他收回視線，再度邁步往前。

上次第二名，這回是倒數……他到底可以多自由、多不受拘束？

心裡疑惑的同時胃痛加劇，眼看保健室就在眼前，他連敲門也省了直接開門進入，並走到習慣躺的床邊拉開簾幕準備躺下，卻被眼前的一幕給嚇得愣在當場。該裝沒看見還是該閉眼走掉？成了最大的難題。

床上一對交纏的男女映入眼簾，公布欄上那個姓名的主人如今正在自己眼前擁吻另一個女生。

床上的兩人顯然也嚇到了，擁吻的動作停下，于希顧瞧見他的手快速從她的裙底抽出，往上看還能瞅見胸前的一抹粉色，但項豪廷飛快地擋在她前面，不悅地說：「拉上。」

這兩個字像是一根鐵鎚往于希顧的頭跟胃部猛力敲打，離開的念頭也被疼痛給打得煙消雲散。

他依言拉上簾幕，沉默地躺在另一張空床上。

兩人一前一後走向門口，她則以略帶好奇的眼光看向于希顧。

于希顧只是沉默，一方面是因為疼痛越來越難以忍耐的緣故。他不安地閉上眼緩緩睡去，希望不適會因此淡去，但這招不能常用，因為睡覺對他來說只能是必須卻不能是奢侈。

于希顧不知道的是，方才兩人的視線相對，將會引來荒唐的誤會與天大的災難。

❣ ❣ ❣

項家一家四口聚在餐桌旁吃晚飯，飯後項母到廚房去切水果。

項詠晴看向從開始吃飯就眼神滴溜溜轉的哥哥，忍不住問：「到底在打什麼鬼主意啊？」

下一秒，掌心貼額，啪。

項豪廷直接一掌打發妹妹，接著蹭到項母面前盯著她一個勁地猛笑。

「傻笑什麼東西啊？」她漫不經心地問。

「嘿，媽咪，可以跟妳預支零用錢嗎？」項豪廷半撒嬌半耍賴地說。

這個要求對她來說司空見慣，只說有三千塊在抽屜裡自己去拿，誰料鬼靈精的兒子馬上皺眉說不夠，要一口氣預支半年份。

「你要那麼多錢做什麼啦？」項母嚇死了，那可是快兩萬的大金額耶！

項豪廷馬上嘶嘴朝她「噓」，兩人不約而同往客廳方向看，見項父沒有動作後才放心下來。

「小聲點啦，我要買 Switch。」

「Switch？你……」

見兒子又開始不斷「噓」，滑稽的樣子成功消了她一半的怒氣。

「我想買很久了啊。」他委屈著說。

「你不要亂來……」

「項豪廷！」

在客廳聽到隻字片語的項父緩緩靠近廚房問：「你又要做什麼啊？」

項詠晴嘿嘿一笑，馬上告狀他想買 Switch。兄弟姊妹永遠都是互相拉後腿的存在，項豪廷只想狠狠敲敲妹妹的頭，枉費自己找機會找得這麼辛苦！

「這次考試考那麼爛，你還想買遊戲機啊？」

「吼，爸！考得爛跟想買遊戲機是兩回事啊，Two things is different，你要就事論事啊！」

「論你個頭啦！沒有遊戲機就已經考全校三年級倒數第二，要是讓你買了還得了啊？我看你連學校都不去了，最後一名也沒你的份！」

「不然我先跟你們借嘛！看是要叫我做家事、要我跑腿都可以啊……」他猛然靈光一閃，轉向親愛的媽咪喊出大絕招：「媽咪，我可以幫妳做里民服務！」

項母正要答應下來，卻讓老公給半路攔截，大喊「不可以不可以」。

「他是三年級、是考生耶！」

眼看提議一個個被否定，項豪廷氣得七竅生煙：「為什麼要斷我財路啊！」

項父見時機成熟，繼續拋出殺傷技能。

「好啊，半年份的零用錢我可以一次給你。」

「真的啊？」項豪廷喜出望外。

「只要你答應我剩下的大考，給我像二年級那樣都考全校前三名。」

笑容馬上消失。

「我這次只出賣自己的身體，不出賣腦子的，士可殺，不可辱！」

這句形同開戰的話一講出來，項父馬上脫掉拖鞋一個箭步準備打下去，項豪廷一步一步往後邊退邊躲，一場屬於父子的你追我跑遊戲正式開始，從客廳到飯廳統統都是戰場。

項母跟項詠晴早已習慣了，兩人捧著盤子吃水果悠哉得很，好氣又好笑地看這場不花錢的父子戰爭。

❣ ❣ ❣

健身房裡，孫博翔正賣力地用毛巾擦拭器材，同時悄悄回頭偷看正在器械坐姿推胸機上揮灑汗水的某人，靈活地掏出手機準備偷拍。

他悄悄拿高手機，調整好可以讓兩人同時入鏡的角度，正要拍攝——

「你幹麼啦！」孫博翔嚇了一跳。

鏡頭裡突然出現他的堂哥，穿著運動服對鏡頭嘿嘿笑，接著一把搶過手機。一番爭奪後孫博翔才終於搶回來，卻惹得堂哥更加不滿。

「我這裡是正派經營耶，你給我搞偷拍？」

「我哪有偷拍！」孫博翔心虛地大聲反駁。

兩人的互動引來差點被偷拍的人的注意。

「怎麼啦？你們又吵架啦？」盧志剛噙著笑走近問。

「沒怎麼啦，我抓到一個偷拍的現行犯，在這裡！」孫文傑邊說邊捏他的耳朵，一副家長帶著小孩來賠罪的樣子。

「你不要亂講啦！我哪有偷拍……」

「我哪有亂講，我親眼看到你偷拍我們家小剛，沒有嗎？」他兩手扠腰質問。

「你哪隻眼睛看到我偷拍！」孫博翔仍在垂死掙扎。

「我A眼B眼加P眼都看到啦！」

盧志剛聽著眼前低智商的吵架內容忍不住笑出來。

「你偷拍我喔?」說罷伸手晃了晃,「我看看。」

孫博翔可以對著堂哥怒吼,但面對盧志剛就只有乖乖當小奶狗的份,被這樣一討實在為難到了極點,就怕自己被當成變態,心一橫,索性裝死到底。

「啊哈哈哈哈,又在那邊亂講!」

「啊哈哈哈哈,他真的有偷拍你!」

盧志剛見他們跟說相聲一樣一搭一唱,默契超好,是不是真的有偷拍反而不重要了。孫博翔還因為惱羞成怒而大聲說自己是在幫忙,替他記錄學員的成長差異。

「小剛?沒什麼變啊!來,讓我看看。」說完直接就伸手揭盧志剛的上衣。

盧志剛的腹部在毫無準備的情況下見客,有沒有料難以隱藏。

孫博翔盯著那幾乎已經清晰可見的四塊肌,腦袋像是被炸過一樣轟轟作響,偷拍、辯解跟裝蒜都不重要,如今他只看得見那個男人精壯的腹部跟肌肉。

「老闆,你再這樣,我要退會員囉。」

孫文傑一聽馬上皺眉露出苦瓜臉。

「不要這樣嘛!你還有什麼是我沒看過的,我連你那一根——小腿都看過了。」說完兩人相視而笑。

盧志剛邊笑邊發現對方的視線有些奇怪,順著一瞧,就看見孫博翔正在傻笑,雙眼沒有焦距，像在做白日夢一樣。

「你還好吧？」盧志剛關心道。

這一聲關懷瞬間把人從夢裡拉回現實。

一回神，看到一張不管怎麼看都好帥的臉距離自己超級近，嚇得孫博翔一個踉蹌差點跌倒。

「怎麼突然流汗流那麼多啊？」

因為剛才那一幕太刺激啦……這種話他不敢說出口，只能羞愧地轉身落荒而逃。

孫文傑看不下去，把盧志剛從現場帶走，臨走前盯著堂弟逃走的方向，心想他今天實在太反常了。

❣ ❣ ❣

「于希顧！」李思妤邊喊邊追上他，「你可以教我數學嗎？」

「我沒時間。」他說完便要走。

「怎麼會沒時間？」李思妤趕忙跟上，「你不是放學都會留在學校？」

「我沒有每天都留在學校。」

李思妤聞言只是嬌俏一笑，並不打算理會對方話裡的拒絕。

「我觀察過了，你一個禮拜有兩天留在學校。」她說。

「我有自己讀書的進度，不希望被打擾。」

「可是——啊！」李思妤見他要走，著急想追，沒想到單腳竟然踩空，搭在對方肩上的手連帶使力把人往下拽。

于希顧為了不跌倒，只能跟著往前傾並把人抓住朝自己方向拉，形成互相擁抱的結果。

突如其來的親密接觸讓李思妤臉紅心跳，是跟項豪廷在一起時完全不一樣的，這種淡淡的曖昧跟害羞的感覺像是青蘋果，清爽微酸，撩撥著她的芳心，連說謝謝的時候都很撒嬌。

于希顧並不習慣跟人這麼親近，說了句「不客氣」就鬆手並別開視線，尷尬的氣氛瀰漫在空氣中，接著兩人並肩慢慢走遠，都沒再提起讀書的事情，李思妤還暗自竊喜，覺得兩人的距離因為那一摔而拉近不少。

在他們身後，碰巧路過的項豪廷死黨之一的夏恩，拿著手機拍攝他們離去的背影，罵了一句「三小」，心想：這個于希顧……莫非……

「你們都不相信我喔？」

項豪廷的一票朋友們沒怎麼理他，只差沒有吐槽這個消息實在太扯。

夏恩見狀，氣得直接掏出手機把照片點出來給自己的雙胞胎的弟弟夏得看，後者瞪大雙眼，孫博翔跟高群見狀也覺得不太對，紛紛湊過來看。于希顧跟李思妤在樓梯間互相擁抱的照片倒是勝過千言萬語，大家一瞬間都動搖了。

「欸！你女朋友跟人家抱在一起耶！你要不要看？」孫博翔唯恐天下不亂似地問道。

項豪廷一邊咀嚼炒飯，一邊露出看白痴的表情看著好友們。

「阿豪，你女朋友給人家抱耶！」夏恩可緊張了，活像被搶的是他女朋友。

「誰啊？」項豪廷終於開口，卻顯得漫不經心。

「于希顧啊！」孫博翔說。

「那誰啊？」項豪廷的腦袋資料庫裡不存在這號人物。

「就萬年學霸啊！」

項豪廷還是沒有印象，淡淡地說：「不認識。」

「你真的不在意喔？欸，他們是這樣抱——」高群猛地抓過孫博翔現場表演。

夏恩看他們兩個彆扭的樣子簡直氣炸，迅速衝過來一把攬著高群的腰，臉朝對方逼近，嘴裡還煞有其事地唸著「希顧」、「思好」，特別胡鬧。

但任憑好友們如何賣力，項豪廷仍然不為所動，視線都沒往這裡拋過，擺明了心思不在這裡。

眼看狀況越來越失控，夏得吼了一聲叫大家別鬧。夏恩覺得自己弟弟居然不挺自己挺外人而朝他發脾氣，戰場瞬間轉移，看熱鬧的人卻不受影響，反正都很精采。

項豪廷只拋下一句「她不會喜歡他的啦」，就打算去保健室補眠。

這陣子他忙著打工賺錢買Switch，能睡的課都睡了還是累，所以什麼于希顧要搶李思妤這種事根本進不了他的腦海。

保健室裡空無一人，老師也不在，項豪廷熟門熟路地直接想躺上慣用的第二張床，揭開簾幕卻嚇得踉蹌一下差點跌倒，因為這張床已經有人占據了。

「又是你……」

項豪廷還記著上回在這兒親熱到一半被打斷的仇，如今床又被睡走，他只能頹然地坐在另一張床上。對方睡得很沉，絲毫不被驚動，陽光從窗外照進室內灑在床鋪上，更顯得那張臉白皙。

項豪廷突然露出一抹狡詐的笑。

他偷偷摸摸地伸手摸到櫃子上抓起紅筆，其間于希顧動了一下像是要醒來，嚇得他冷汗直冒，甚至踉蹌一下差點往對方身上壓，氣氛瞬間緊張。

他耐著性子不敢大聲喘氣，一秒、兩秒、三秒……

沒醒。

吊起的心終於放下，那張白淨且細緻的臉龐此時近在眼前，眼睫毛沒有絲毫顫動，項豪廷卻不敢再有大動作，連咬開筆蓋吐掉都特別小心。正當他煞有其事地思考是該從眼睛下手還是從臉頰畫比較好之時——

「項豪廷！」

這一聲吼讓他嚇得整個人往床上跌，不偏不倚地趴在于希顧的臉頰旁邊——他倒抽一口氣，甚至能聞到對方身上的味道，很淡，是普通肥皂抹在身上的那種味道。項豪廷習慣了李思妤甜膩膩的香味，一時之間不習慣，還皺起眉來。

眼前，于希顧那雙透著驚訝的眼睛也正盯著他看。

保健老師急忙衝過來把項豪廷從床上抓走。

「站好！你幹麼打擾同學睡覺？」老師問。

「我也想睡覺啊。」項豪廷一臉無辜。

「你哪裡不舒服？」

「我精神不好。」

「你精神不好回教室趴著睡啊！」

兩人一來一往地對吼，老師最後受不了直接把人帶出去，留下驚魂未定、根本不明白發生什麼事的于希顧坐在床上。

于希顧不知道，這其實只是一個開端，一個麻煩接踵而至的開端。

❢ ❢ ❢

于希顧不知道自己哪時候招惹了這群煞星。

他剛想去保健室躺一下就被夏得喊住，說是跟成績有關的事要請他走一趟。當發現情況不對時已經太遲，夏得早已堵住他的退路，他只能乖乖聽話上頂樓。

項豪廷身邊的兄弟們已經在頂樓等他。

「找我幹麼？」于希顧沉著臉問。

夏恩一把揪住他的領子，冷問：「你這是什麼意思啊？」

于希顧不解地皺眉。

下一秒，一支手機出現在眼前，于希顧看清了照片中的主角正是最近頻繁跟自己搭話互動、甚至央求挪出時間指導課業的李思妤。但他並沒有任何反應，沒有驚慌，也沒有厭煩，就像李思妤對他而言連進入記憶的門票都沒拿到過一樣。

「我不懂你的問題是什麼？」于希顧一把推開夏恩。

看著眼前四人一副要衝上來揍人的架勢，于希顧反而特別冷靜，還在腦中把一切的線索都串起來了。

記得是某一天的體育課後，她突然拿運動飲料給他，當時全班同學都在看，他只能收下。所以當她委屈巴巴得向自己討外套時，他只想著要還那瓶飲料的人情，卻未想過為什麼她不跟其他女生朋友借，反而跟不是男朋友的男生借？

于希顧想通後不禁一陣疲累，因為李思妤頻繁出現在他四周，給他遞飲料、請他幫點順手的小忙、甚至直接要他在留校溫習的時候幫她補習功課，這所有舉動都直接或間接導致了他被這群人找麻煩。

「你不知道把外套給女生穿是什麼意思嗎？」高群不屑地問。

「我沒有要搶項豪廷的女朋友。」他冷靜到甚至有些嗤之以鼻。

這種念頭別說想，甚至不曾浮現，只覺得這個女生有點煩。

夏恩見狀，嘖了一聲直接湊到于希顧身前惡狠狠地瞪他！

「我們警告你，不要再去找李思妤，不然就給你好看。」

「這句話，你應該去跟李思好說。」于希顧覺得這群人真是有理說不清。

夏恩氣得抓住他的衣領，眼看就要掄起拳頭往他臉上招呼！

「夏恩，冷靜點！」夏得連忙阻止他，就怕情況一發不可收拾。

「你幹麼護著他啊！」他生氣地大吼，甚至出手推夏得，不悅的情緒統統發洩在手足身上。

孫博翔見狀，有點風涼地說：「李思好是項豪廷的女朋友，不想造成誤會的話，就不要跟她有來往啊。」

「我剛剛已經說得很清楚了，你們去跟李思好說。」

他說完就要離開，絲毫不把夏恩的挑釁與威脅放在心上。

被徹底無視的青少年哪能受得了這種氣，衝出去一把扳過于希顧的身體，同時用盡全力往他的肚子上揍。

其他三人被他的舉動嚇了一跳，忙衝上來把他往後拉。夏恩打得爽快，又要補上一拳，孫博翔連忙喊：「好了好了！上課了，夏恩！」並把夏恩帶走，夏恩只能隔空嗆聲要他嘴巴閉緊點，不要講出去，不然要他好看。

「還好嗎……」

啪！

夏得因為愧疚而留步，本想伸手攙扶于希顧，卻被一把揮開，顯得有些尷尬。

與夏恩不同，夏得不是動武派的，也不喜歡手足這麼衝動行事。夏得會跟來是怕夏恩一時衝動又沒人阻止會釀禍，誰料還是出事，但自己的好意不被接受，猶豫後也只能沉默離開。

「……嗚。」

等他們走遠，于希顧這才皺緊五官露出痛苦的表情，剛才那一拳是真正打到痛處了，他又有習慣性胃痛，加成下來簡直痛得差點暈厥，得不斷吸氣吐氣，加以用手輕撫才能稍稍減緩。時間就這樣一分一秒過去，他很心急，蜷縮在牆邊的身影格外無助脆弱。

最終他仍是遲到了半堂課，而根據學校規定——這是曠課。

「你要我不記你曠課？」

「我不能缺課，我一定要拿到獎學金。」他語氣艱難地說。一半是因為被打的地方仍然隱隱作痛，另一半則是他知道如果被記曠課的話，勢必會影響到獎學金的申請，而獎學金對他至關重要。

「可是課都上一半你才進教室，根據規定得記曠課。」
「我不是故意遲到的，能不能通融這一次？」
「你這樣我很為難，剛剛全班同學都看到了，我這樣是不是有失公平呢？」
「可是……我一定要拿到獎學金。」
見他如此執拗，語氣像是另有隱情，老師沉吟半刻後突然說道：「不然你把遲到的理由說清楚，我來斟酌是不是可以取消你的曠課。」
聽老師這麼說，反而是于希顧沉默了。
想要確保曠課紀錄是零，那就只能把自己被找麻煩、被揍一拳痛到無法站起來，只能縮在牆下靜待痛楚退去才進教室的事情全盤托出。
要是說了，那些人的下場應該不會太好過……可是如果不說就會被記曠課……
在老師關愛的眼神中，他在說與不說之間為難不已。

❢ ❢ ❢

「孫博翔，夏恩還有高群，訓導主任找你們。」
項豪廷走在走廊上，一邊疑惑為什麼他們三個會被找，李思妤這時從後方跑來喊住他，表情超級嚴肅。

「你們會不會太過分了？」她大聲斥責項豪廷，「我只是跟于希顧走得近一點，你們有必要打人嗎？」

「我沒有啊？」

「你幹麼找夏恩夏得去打他？」

「我、沒、有。」項豪廷的語氣重了點，代表他是真動怒了，但李思妤可不怕他。

「他們都聽你的，又挺你，教官都找他們了。就算你再喜歡我，也不能限制我交朋友的權利。」

項豪廷左思右想，仍然不記得自己哪時候有讓孫博翔他們去教訓于希顧。當初夏恩跟他說這兩人之間有曖昧時也沒多在意，之後更是全心全意打工賺錢買遊戲機，沒有多餘的心思管這件事，何況他向來不齒這種行為！

「妳到底在說什麼？我有做就有，沒有做就沒有做，妳明明知道我不喜歡別人誣賴我！」他語氣十分嚴肅，以為李思妤應該懂自己的為人如何，不料對方並未如以往那樣道歉求和，雖然臉色神情有所收斂，可仍憤恨不平。

「好啊，就當你沒有做，那你要不要反省一下你最近對我的狀態？」

「要反省什麼？」項豪廷冷笑問道。

「你還有沒有把我當成是你的女朋友？」

項豪廷聽出了她話中的埋怨與撒嬌，但被誤會的不快感太過強烈，在安撫女友跟表達不滿中他迅速選擇了後者。

「……妳覺得呢？」

李思妤聽了，只覺得格外委屈。

她其實不只一次把兩人放在天秤上做比較，多半時候是項豪廷重些，最近卻逐漸變了。比起需要時靠近、不需要就扔一邊，更顧自己的王子，還是雖然冷冷淡淡，卻總順著自己的騎士更好。

「……我好像有一點喜歡上于希顧了。」她臭著一張臉說。

項豪廷的臉色猛地沉了下來。

李思妤走後，被叫去訓導處的三人也回來了。

他們去威脅于希顧的事情洩漏了，訓導主任罰他們放學後要打掃走道。

「肯定是于希顧告密的！」夏恩罵道。

此時遠在保健室裡的于希顧正急著處理胃痛的毛病。夏恩打的那拳可以說是打到痛處了，他一路痛到中午，最後忍不了到保健室尋求協助。

保健室老師見他是真的難受，便讓他在床上躺著睡一覺，待他轉醒後從包裡拿出胃藥遞給他，並要求保密，因為他的身分其實是不能給予學生任何內服藥物的。

「胃有感覺好一點嗎？」

「吃東西比較不會吐了。」

保健老師又叮囑幾句，見他乖巧點頭後才讓人離開。

已經是放學時間，大家成群結隊地往校門口去。于希顧先回教室拿書包，等回過神來他才發現自己又習慣性地站在公布欄前了。

視線再度聚焦在熟悉的名字上，只是這回他的眼神多了些異樣的情緒。他知道自己讓這個名字的朋友們受罰了，剛才回教室時就已經聽到不少閒言閒語，可是……

不說的話，就是他要面臨更麻煩的處境，記曠課、影響獎學金申請、得打更多工應付支出、學校課業勢必會受影響……就像多米諾骨牌，一個傾倒，後頭就跟著啪啦啪啦跌成一團，他不能冒這個險，不然前面的所有努力就沒有意義了。

對於項豪廷的朋友，他只能在心裡說句抱歉，並垂下視線迅速離開。

「掃了又掉掃了又掉！這一大片落葉怎麼可能掃得完啊？」夏恩崩潰得用掃把指著遠處，這一大塊地方都是他們負責的，光看就覺得無力。

「對啊，罰掃地一個禮拜真的太扯了。」高群也不悅地附和。

「好了啦，我們也有錯啊。」夏得倒覺得這個懲罰很剛好。

夏恩見手足不挺自己，哼哼兩聲跟高群就躲到一邊大肆痛罵。

項豪廷雖然沒被懲罰，卻因為義氣相挺而來。他在得知詳細狀況後他雖然也覺得夏恩太過衝動，但終歸是好兄弟，所以義不容辭地來幫忙，掃著掃著卻見孫博翔臉色實在難看。

「怎麼了？」他悄悄靠過去問。

「我本來今天要去健身房的……」他悶著嗓音說，「一個禮拜他就來這麼一天……SHIT！」

「才一個禮拜而已！欸，說不定你這個禮拜沒去，特別想你！」項豪廷連忙安撫他。

他的安撫有奇效，孫博翔馬上不愁眉苦臉了，根本藏不住心事。

項豪廷忍不住取笑他，真的是愛得很深捏，不知道是哪位美女能讓他這麼魂牽夢縈，得找個時間去看看。

項豪廷接著轉身拍拍夏得的肩膀並對他露出微笑，接著朝還在抱怨的兩人吆喝等等一起去吃牛排，他請客！

「哇喔！」夏恩馬上歡呼！

「欸，可是你不是要買Switch嗎？」高群問。

「錢是存到了啊，可是你們每個人臉都跟大便一樣，我能坐視不管嗎？」

他的發言引來好友們的歡呼，還拿出手機嚷著要把他的話錄起來，到時不得賴帳。

項豪廷在好友的擁護中甚至加碼表示這一週的每一天，大家掃完落葉後都去吃牛排，由他買單。夏恩跟高群更開心了，直誇他夠義氣。

這之中唯有夏得愁眉不展。

他認得項豪廷剛剛的笑容，也知道那並不是該在這種時候出現的微笑。

❢ ❢ ❢

盧志剛顯得心不在焉。

他在一樣的時間進入健身房，卻沒有看見孫博翔忙碌的身影，覺得特別不習慣。以往一聲「志剛哥」跟閒聊一樣的關心總能讓他備感溫暖與放鬆，今天突然沒了，讓他覺得有點寂寞。

或許可以這麼說，本該是自己熟悉的曲調被偷換了幾個音，即使主旋律不變，卻與記憶有所出入，聽著聽著仍是不習慣。

他跑完一套專屬的訓練流程，卻總會在完成一樣、放下健身器材來到安全位上時，到櫃檯邊看，以往他這麼做時總能無巧不巧與一雙靈活且討人喜歡的眼神對上，今日卻連續撲空，讓他產生一種……近似於寂寞的感覺。

「今天博翔沒有來？」

他最終仍是按捺不住，問了也同樣在訓練流程中的孫文傑。

「喔，他說學校有點事情，這個禮拜都不會來。」

「是喔！」

孫文傑不知道堂弟是讓人罰掃落葉，還說：「他這年紀啊，就是三分鐘熱度，對什麼事情的興趣都只有一下下。他這次在我這啊，已經算待很久了耶，我都感動得快要哭了。」

原來很久了嗎？盧志剛沒有仔細數過。他早已習慣孫博翔在櫃檯裡忙碌的身影，如今聽他堂哥提才想起他其實也只是個高中生，是愛玩愛鬧、什麼都想嘗鮮的年紀。

「也是……他這年紀就是很容易喜歡什麼，然後很快又放棄。」他露出一抹微笑，眼神裡有說不完道不盡的落寞。

于希顧每天都是校門才開就到校，大清早沒人的時候最能集中精神唸書，也不必擔心被打擾。

但今天卻不一樣。

他走進教室，看見有人比自己更早時，瞬間愣在原地。

清晨的陽光透過窗戶灑進室內變得格外柔和，那人沐浴在其中，髮色像是自帶金黃光暈，美得讓人屏息。可于希顧絕非因為景象太美而暫停呼吸，是因為那人正坐在他的位置上玩手機，聽見聲響後抬起頭盯著他瞧，隨後露出一抹微笑。

明明是微笑，卻讓于希顧備感不安。于希顧猜想他或許是為了那群朋友被罰掃落葉而來，表情與肢體都變得僵硬，腦袋也難以思考，甚至無法決定是該轉身就跑還是勇敢面對。

兩人的視線在空中交會，沉默著凝視彼此，並沒有如電影或小說那般浪漫，內心所想的當然無法靠眼神傳遞，否則語言便沒有存在的必要。

「喔，坐到你位置。」項豪廷笑嘻嘻地從桌上躍下，緩步走到對方面前。

于希顧皺著眉，等待對方先出招，以不變應萬變。

第二章

——「我覺得有些事情我們要講清楚耶。」

——「放學後門見。」

現在已經七點多了，他不會還在等吧？于希顧心不在焉地用海綿清洗器具，一旁爐子上是正在煮的珍珠，室內滿是甜香。

這種機械式的工作不需要動腦，一心二用之下他竟忘了要時時關注鍋內的珍珠，直到盧志剛好奇他怎麼連煮滾了都沒動作而出來查看並關火時才回過神來。

「你再這樣煮下去啊，我的珍珠都要變肉圓了。」

于希顧這時才發現自己居然在工作時候發呆。

「對不起！」他急著要關火，盧志剛卻搶先一步擋下並安撫說「我已經關了」，況且比起煮壞了扔掉就好的珍珠，員工的狀態才是他該關心的。

「你怎麼了？身體不舒服嗎？心不在焉的。」

「沒什麼啦……」他沒說出最近學校發生的事情，這並不光采，更何況盧志剛一向很關心他，要是知道他被找麻煩肯定會追問，這是于希顧最不樂意的狀況。殊不知他的欲言又止看在對方眼裡別有涵義。

「確定沒事？還是你又在煩惱錢？」他想起上回于希顧要求多排班的時候也是這種難以啟齒的樣子，遂收斂起笑容看他。

「不是……」

盧志剛盯著他的眼睛不放，沒看見因為心虛而有的眼神閃躲後才相信他，但長輩心態作祟，還是叮囑他有煩惱要說，不要都藏在心裡。

「晚餐吃了嗎？」

見于希顧微微一愣，盧志剛便心裡有底了。

「我有準備晚餐，只是想晚一點再吃……」

盧志剛無奈笑說：「我知道！月底了嘛！晚餐晚點吃，早上就不餓，哪有人像你這樣，一餐當兩餐吃的！」

他對這一習慣其實是相當不贊同的，尤其于希顧還有習慣性胃痛，非但沒好好保養還總在睡前進食，實在算是慢性自殘。可一想到那些不得不又難以開口規勸，左右為難的結果便是遞給他一個店裡的饅頭，見他婉拒還板起臉孔凶他，並要他早點下班。

「你現在高三，考試範圍那麼大，趕快回家唸書。」盧志剛說。

于希顧還覺得不妥，左右為難，倒是盧志剛強硬地把他往休息室裡推，讓他快去換衣服下班。

稍晚，于希顧換回制服要離開，店裡沒客人，盧志剛便到門口送他。

「快回家。」

「好，志剛哥晚安。」

盧志剛目送他離開，並不急著回店裡。

今晚有風，不像前陣子那麼悶熱難耐，他邊享受晚風吹撫，邊看著眼前的街道與來來去去的行人，平時並不覺得這種稀鬆平常的風景好看，今晚卻有了興致。

他並不知道，當他看著眼前的風景時，自己也成了另一個人眼中的風景。

孫博翔就站不遠處盯著盧志剛的方向看，難以理清胸口盈滿的情緒，只知道其中有找到目標的驚喜、有看見另一人的錯愕、也有看見兩人互動過於親密而生的嫉妒，那情緒太過複雜，像是枷鎖一樣牢牢地纏在雙腳上，讓他寸步難行。

孫博翔最終沒有上前去跟盧志剛打招呼。

他推著腳踏車走在回家路上，表情凝重，情緒消沉。

剛才的那一幕讓孫博翔意識到，自己並非盧志剛特別親切的唯一對象。

他只在孫文傑的健身房與盧志剛見面、接觸，盧志剛又對他很親切，他自然以為自己是特別的那個人，卻忘了對方有自己的世界，有更多更多他不認識也不知道的人。自己只是偷偷喜歡他很久的朋友的堂弟，又有什麼特別的呢？

先前聽他提起自己怎麼沒去健身房幫忙，還以為他也惦記自己，如今想起來只覺得因此而竊喜的自己像個白痴，被惦記又算什麼？至少他從沒見過盧志剛用剛剛那種關懷備至的眼神看過自己。

自己對他來說……會不會就只是朋友的堂弟而已？因為這樣所以才不得不應付著？

「啊！不要亂想了！」他猛地大吼，試圖用喊的排解負面情緒，雖然引來側目，但效果顯著。只是隨著剛才的畫面淡去，于希顧的臉卻異常鮮明地浮現，讓他氣得牙癢癢的。

「于希顧！你搶阿豪女朋友，又跟志剛哥……」

對于希顧的新仇舊恨一起湧上心頭，掐著的拳頭有多痛，他就希望打在于希顧臉上的時候有多痛。

孫博翔一向衝動，這一點夏恩甚至還趕不上他。

當天晚上他的情緒從低落到高漲，經歷了一場雲霄飛車般的歷程，交感神經過度活躍，整個晚上都沒真正進入深層睡眠，被鬧鐘叫醒時還一度呈現「我在哪裡我是誰」的恍惚狀態，直到他在學校看見于希顧。

睡眠不足導致的後果往往難以預料，等孫博翔回神過來，他已經站在于希顧面前阻擋他的去路。

「你跟志剛哥是什麼關係？」

見于希顧只發愣沒有回答，還露出困惑且不解的表情，他頓時怒火中燒！

「你不要說你不認識，我昨天晚上已經看到你們了！」

直到這時于希顧才反應過來他的問題，卻不明白前幾天是因為項豪廷，今天卻是因為盧志剛？怎麼全天下的人都歸孫博翔管？

于希顧沒興趣與他糾纏，之前那次已經夠了，遂沉默著打算繞過他去教室。誰知道孫博翔就是衝著他來的，哪可能讓他走掉，一個伸手就抓住他的肩膀迫使他停下腳步。

「不關你的事，你們到底要幹麼啊？不要再找我麻煩了。」

孫博翔看他厭煩的表情，腦海再度閃過昨晚的情景。

畫面經過一晚上的發酵早已嚴重失真，在他眼裡于希顧是盧志剛最重視的人，就連送到店外也依依不捨，於是于希顧現在對他的無視與亟欲離開的態度，都成了勝利者的傲氣。

「什麼不關我的事，志剛哥的事就是我的事！」孫博翔沒忍住情緒，難過之餘突然冒出一個詭異的想法，「你是不是也喜歡志剛哥？」

喜歡？于希顧沒料到會出現這兩個字，一時難以應對，下意識皺緊眉並深感不解。這在對方眼裡卻成了厭煩，更坐實了那個推測的可信度，頓時慌亂。

「放開我啦……」于希顧皺著眉想離開，反而被死死摁在牆上動不了。

「他是我的！誰都不准來破壞！」

「我聽不懂你在說什麼啦……」于希顧簡直想大吼他不可理喻，為什麼這些人的思考都能跟愛不愛、搶不搶沾上邊？

兩人都不樂意示弱，一人掙扎一人壓制，眼看就要演變成互毆場面之時——

「孫博翔你幹麼！」

這聲怒喝阻斷了兩人。

不遠處，一名老師朝他們兩人快速走來。孫博翔不情願地鬆開手，暗道怎麼會這麼巧被抓包，又想到于希顧可是學校老師心中的優等生，遂暗罵一聲「真是好狗運」。

于希顧真不知道是福還是禍，雖然很厭煩孫博翔來找麻煩，可相較之下卻更怕老師知道衝突的內情與原因，是以他並未把前來的長者當成救星，還不斷躲避孫博翔的眼神，就怕自己做錯一步惹得對方不快，把自己放學打工的事情全盤托出。

孫博翔見這下是沒辦法給于希顧一個教訓，不禁火冒三丈，憤恨不平地瞪了他一眼就走。

老師見于希顧臉色奇怪，關心地問：「同學，你沒事吧？」

「沒有……」

「有事情的話記得跟老師說。」

「謝謝老師……」

于希顧目送老師離開，接著大大鬆了口氣，幸好孫博翔沒有多嘴把打工的事情說出來。

他像逃難似地快速走往302教室，本以為可以坐下來喘口氣，卻沒料到自己的座位旁邊竟圍了一圈人。

今早兩件出乎意料的事情接力般地朝他撲來，讓不喜歡變動的于希顧壓力極大，甚至有點頭昏腦脹。

「我的桌子……椅子……」

他的桌椅不見了。

原先應有桌椅的地方如今空空如也，同學們的訕笑毫不掩飾，只有夏得一臉無奈，畢竟他親眼看著事情發生。

「項豪廷說你放他鴿子，所以把你課桌椅當人質，要你去光學樓找他。」

于希顧聽了這話只覺得心好累。

❢ ❢ ❢

于希顧一抬頭就看到項豪廷站在樓梯最頂端的角落看他。

「可以還我桌椅了嗎？」于希顧爬到樓梯間中段處時詢問。

「道歉！」項豪廷霸道又蠻橫地說。

「為什麼我要道歉？」

「你昨天沒來！」項豪廷一想起這個又是一陣氣，他還特地回學校想堵人，誰料沒堵到還鬧了笑話，光這點就讓他發誓一定要讓于希顧道歉。

「我沒有答應你。」

項豪廷挑起眉，看他一臉緊繃警戒，猜那些傢伙威脅得可能沒頭沒尾，才讓他這麼堅持不道歉。無奈之下他只能好人做到底，耐著性子把前因後果交代清楚。

「你害我朋友們去打掃廁所。」他說。

「那是他們打我。」

「他們打你是因為你搶我女朋友。」他又說。

「我沒有搶你女朋友。」于希顧是真厭煩了，為什麼全世界都以為他想搶人女朋友？有沒有人來問過他的意願？

他的回覆在項豪廷眼裡是垂死掙扎，只好把夏恩傳給他的照片一張張秀給對方看，一張照片可抵得過千言萬語，這會兒還有兩張，千萬抵賴不掉了吧？

可誰知，于希顧只是一個勁用「她自己坐下來要我教她功課」、「她說她沒帶外套會冷」等理由回應，眼神沒有絲毫內疚，看起來是真無辜。但項豪廷想到夏恩那麼義憤填膺的樣子又難以相信是誤會，兩者比較之後他還是更相信朋友，堅信于希顧是個不肯承擔責任還一絲悔意都沒有的渣男！

不過一眨眼，項豪廷就猛地逼近還惡狠狠地瞪他，于希顧見狀也不甘示弱地回瞪。

「是不是男人啊？什麼都推給女生！」他猝不及防地一把抓住于希顧的領口上抬，兩人的距離瞬間縮短，甚至能感受到彼此的呼吸與心跳正緩慢地同步。

「你們這種書呆子是不是認為世界都繞著你轉啊？」他啞著嗓子逼問。

「我沒有喜歡她！」于希顧給抓著領口，氧量銳減的下場是雙頰潮紅，看似隨時都要斷氣，即使如此他仍出力把人往前推開。

「那你幹麼靠近她？」

「就說我沒有靠近她了！」

一連幾句沒有像是一把剪刀，剪斷了項豪廷的理智線，他甚至覺得如果自己是電玩人物，此時一定是準備發大招把人一口氣打死的狀態。

「你除了說沒有還會不會說別的啊？」他吼完後，握緊拳頭往于希顧胸口上狠狠一揍。

砰！

于希顧被揍得往後退到欄杆邊，雙眉緊皺，痛得直喘氣。

「要你道個歉有這麼難嗎？」

「我沒有錯為什麼要道歉！」

「你再說一次。」項豪廷壓著嗓音，卻不是氣消的前兆；正好相反，當他這樣說話的時候通常都代表正處於盛怒之中。

可于希顧不明白這點，他只知道自己沒錯，不能低頭。

「我沒有錯就絕對不會道歉！」

項豪廷被他氣得再度掄起拳頭。

于希顧眼看拳頭又要打過來，身體本能想躲，自尊卻不允許他一直處於被動，兩人就這樣互瞪彼此。無法傳遞的心情與真相都在其中扭曲，直到教官因為李思妤的通報趕來才阻止了一場校園暴力。

「項豪廷！你給我放手！」教官眼看勸不聽，馬上威脅：「你再不放手，我就叫你父母來學校了！」

項豪廷並不怕父母，卻不喜歡多生事端而放手。重獲自由的于希顧險些站不穩，卻仍是執拗地挺直腰桿不願低頭。

「好了好了，你趕緊回教室去上課。」轉頭又朝項豪廷吼：「你！跟我到教官室！」

靠！居然死不認錯！

項豪廷氣極了，卻因為要被抓去教官室而無法發作，只能氣憤瞪著于希顧離開的背影。

于希顧快速離開，雙手握拳，眼中的水光不是因為被誤會，而是平靜生活被項豪廷跟他那群朋友打亂而有的不滿與厭煩。

到底他是招誰惹誰了？于希顧想破了頭也只能猜測是因為那個突然喜歡靠近自己的女孩引起，只能在接下來的日子裡盡可能把李思妤逐出生活圈內，要不三天一威脅、五天桌椅沒，還能好好唸書？別傻了！

❣ ❣ ❣

「好了啦，起來了啦。」項母看他這樣也有點心疼。

「還有三十二分鐘。」項豪廷看著手機的倒數計時說。

項豪廷動武的事情還是傳進了家長耳中，一向討厭他動手的項父直接罰他在客廳罰跪。項豪廷也倔，跪下就沒要求要起來，倒是趁著這期間盤算了不少事情。

「也不要怪你爸罰你跪，這次真的是你錯了！你明明就答應以後不會再動手打人的。」

「我記得啊！所以我只有推一下拉一下而已，我又沒幹麼！」

「唉唷……你才幾歲啊，當個學生有需要把事情搞這麼大嗎？而且你個子這麼大，把人家抬起來萬一受傷怎麼辦？」項母嚴肅地補了句「下不為例」。

「媽咪！這是原則問題！考全校第一名又怎樣……」項豪廷不屑地罵，「一點擔當都沒有，什麼都推給女生耶！而且又愛打小報告，最討厭這種人！」

「那還不簡單？」項母心機一笑，「你也去考個第一名，氣死他！」

知母莫若子，項豪廷冷淡地說：「激將法對我沒用。」

項母知道兒子一向難勸，只提醒要記得把人家的桌椅還回去，卻在看到兒子極其乾脆地點頭後頓生不安。

這麼聽話……實在不正常。項母皺著眉頭想。

項豪廷在隔天就把桌椅還回去了，卻覺得情緒過不去，所以花了點時間在上面畫了肌肉圖案，還寫了兩個字：「擔當」。若不是教官逼他馬上還，他還想多扣留幾日畫一個肌肉猛男圖送他，讓他知道是個男人就得有肩膀，擔得起也要扛得住。

在項豪廷心中這件事就算結束了，另一個渴望隨後浮現。

要怎麼樣才能再看見于希顧的「那個」表情呢？那種固執、憤怒、死不認輸的表情……項豪廷覺得那時候的于希顧才像個活人，跟平常冷淡的死人樣子判若兩人。

項豪廷知道當他露出那種表情的時候，就代表自己成功踩到于希顧的痛處了。

念頭一日日增強，這樣的經驗很稀罕，等察覺時他竟已踏入一向止步的圖書館。隔著書架觀察于希顧低頭認真複習功課的樣子，甚至一待就是很久。

項豪廷知道自己反常，至少他從未在走廊上隔著距離觀察在教師辦公室裡的某人，而他看著看著居然得到靈感，知道該用什麼方式氣死于希顧了。

既然打定主意，那就只剩下行動。

他耐著性子等到放學，刻意從于希顧的教室前走過，還跟夏得打過照面讓他以為自己已經離開，之後便在校門口外等。

五點整。

進出校門的學生多得讓人頭皮發麻，還有學妹看見他馬上尖叫要求交換ＬＩＮＥ。

六點整。

人潮明顯變少，天色逐漸轉暗，每個人的臉都是橘紅色的，卻始終不見于希顧。

時間漸晚的關係，他慢慢踱步到圖書館外，也沒有在熟悉的座位上看到人。

七點二十七分。

「應該還沒出來吧？」項豪廷皺眉，「可是都這麼晚了……」

莫非還在教室裡？

一排教室幾乎都是黑的，只有３０２燈火通明，他悄悄靠近、趴在窗邊往內看。

于希顧還在。

正在思考該躲在哪邊近距離觀察時，他聽見一陣腳步聲，項豪廷連忙找陰暗處躲，才發現是警衛在巡視。警衛看見于希顧並沒有發火，只是簡單交代他時間差不多了，語氣還挺和善，估計他留這麼晚不是第一次。

「好的，謝謝。」于希顧也禮貌地回應後就準備離開。

項豪廷見狀連忙跟上，距離拿捏得恰到好處，不會跟丟、也不會被發現，加上于希顧走路時相當專注，所以並未發現自己被當成了一個觀察跟蹤的目標。

兩人一前一後走著，迎面一個公車站。正當項豪廷煩惱該怎麼在車上躲避視線時，就見他直接穿越等車的人群而過，一路走呀走的沒停過。

「要走多久啊？有公車為什麼不搭？」

項豪廷不理解，只能繼續跟著，直到雙雙拐進一條小巷子，難題才真正開始。只見于希顧左拐右彎像在闖迷宮，沒有提起十二萬分的精神很容易跟丟。

終於，在項豪廷的腦容量即將用完之前，于希顧走進某棟公寓的一樓大門，終結了這場記憶力比賽。

「呼……」

他守在路中，死死地盯著老式公寓，直到某一扇窗亮起燈光，他才開心地低喊一句「I GOT YOU」，眼神得意得很。

于希顧的住處相當乏味，跟他的生活差不多。狹小的空間裡只有床、桌子跟布質衣櫃各一，沒有電玩、籃球或漫畫等時下年輕人喜歡的娛樂。

簡單洗完澡後又是溫習，他的生命中除了唸書之外都是一片灰白，像潭死水，毫無波瀾。時間則在其中緩緩流逝，複習到累了他才睡覺，沒仔細數過一天睡多久，身體早已養成習慣，時間到就會醒來。

清晨，他吃掉剩下的饅頭當早餐，接著收拾好書包換上制服，跟他飼養的獨角仙道別，並把門鍊取下，拉門——

拉不開。

「不會吧？」于希顧先是一愣，下意識以為是卡住，便更用力拉。

門稍微動了一下，隨後又迅速往回撞，他馬上想到可能是有人在背後拉著。

「誰啊？」他問。

此時一人的臉猛地出現，沒等他反應過來又消失在門後，當然，門還是拉不開。

項豪廷當然是故意的。他想，既然于希顧這麼在意成績，那就拿成績開刀吧。

「項豪廷……」于希顧簡直不敢相信，「你不要鬧了，今天期中考！」

「我知道，所以我才特地選這一天啊！」

他知道？所以才？

一陣惡寒蔓延，于希顧馬上反應過來這又是另一個項豪廷口中要「說清楚」的場合。只是這回項豪廷抓住了他的死穴，他無法像在樓梯上那麼從容，甚至開始拚命拍門並大聲吼叫。

「項豪廷！你到底要幹麼啦！」

門動也不動。項豪廷是打定主意要讓他錯過考試，看他這麼激烈更是知道自己押對寶了。心道果然于希顧最看重的就是成績，這個該死的優等生。

眼看門絲毫不動，他猜想一定是自己前幾天死不道歉惹到對方了，於是改變策略。

「你要我道歉是不是？好，對不起對不起對不起，可以了吧！」

門依舊拉不開。

顯然他的道歉並沒有被接受，但此時此刻他已經沒有心思考慮其他辦法，時間正一分一秒溜走，再不出門的話項豪廷的計畫就會得逞了。

「讓開！我要出去！」

門還是拉不動。

于希顧見狀氣得不行，索性不再開口並專注在使力拉門並離開這件事上。

砰！

拉力越來越大，項豪廷一度要拉不住，不禁有些吃驚，思考一陣後他索性放開手，就聽見門後「咚」的一聲巨響。

項豪廷透過門縫往裡看，只見于希顧整個人跌坐在地，渾身顫抖。不難猜出他剛剛肯定是用雙手拚命拉，沒有使力的技巧跟角度，這樣亂拉一通，手沒拉到脫臼算幸運了。

項豪廷看著跌坐在地上不斷喘氣、試圖找回力氣再戰的人，突然覺得恍惚。

項豪廷之前交手過的人不乏這種倒下又迅速爬起，特別不服輸的人，但……這只是一場期中考試啊。值得這麼拚命嗎？錯過頂多補考就好不是嗎？

就在他百思不解的時候，于希顧倒是抓住了機會，一股腦從地上跳起來抓著書包，推開項豪廷就往外衝，也不管雙手的疼痛有多強烈。

這個時候就算搭公車也註定要遲到，可一團混亂的腦袋仍清晰記得自己沒有錢坐計程車，只能用跑的，幸運的話說不定不會遲到太久。

項豪廷回過神來也跟著追上，錯愕的是他發現自己竟然跑不過那個看起來文弱到不行的書呆子，只能一路看著他的背影。到校門時發現門已經關上，于希顧奮不顧身地直接把書包拋高往裡丟，自己再跟著爬進去，那副拚命的樣子在項豪廷眼裡已經超越驚訝，來到匪夷所思的境界。

他到底……在做什麼？為了什麼而拚？我到底……做了什麼？

項豪廷答不上來，只能一直追在他的背後，困惑不斷擴大。

「報告！老師對不起我遲到了，我現在立刻去考試……」

項豪廷剛追來就看于希顧急著想進座位考試，恐懼、不安、著急與慌亂等情緒溢於言表，嗓音甚至在微微發抖。

「于同學，現在都已經幾點了，你只能等補考了。」老師滿無奈，當著眾學生的面他不好開後門，就算是再喜歡的學生也一樣。

項豪廷聽見這句話，馬上爽快地喊了聲「YES」，目的達成。

「拜託拜託！老師拜託你！」于希顧還是很堅持要考試，甚至彎腰低頭拜託。

項豪廷一面順氣，一面擰眉，達成目的的爽快感漸漸消失，取而代之的詭異感極其強烈，若那感覺有形體，一張嘴就能吐滿地。

老師見他執拗，頓時臉色也不好看。

「不要打擾同學，跟我出來。」

老師率先往外走，看見在走廊上的項豪廷後問了聲「你為什麼在這裡？」項豪廷還頑皮地回嘴，氣得老師差點要舉起手裡的教學棒往對方身上揍。

就在這時，于希顧衝出來並緊張地抓著老師的手臂哀求：「老師拜託你，拜託，我只要三分鐘，三分鐘很快就寫完了……」

「規定就是規定，拜託也沒有用啊。」

「對啊！」項豪廷還不知死活地應和。

「你再繼續下去，我要叫教官過來了。」

老師這句話就像雷擊，把于希顧僅存的希望給狠狠掐死了，他甚至喊不出聲音，整個人猛然跪下，方才拽門、死命狂衝跟下跪的覺悟已不復存在，眼神甚至茫然得無法聚焦。

「欸！于希顧起來！你起來，你這樣我也……」

「你不答應我就不起來！」于希顧大吼，聲音哽咽，在旁人眼裡或許是委屈，可在老師眼中卻成了威脅。

「我沒有辦法答應你！」

項豪廷沒看過這樣的于希顧，簡直像是……身處世界末日。

「欸你也太誇張了吧，全部的人都在看喔，有必要嗎？」他也出聲警告。內心以為對方是不能接受成績榜單上的第一名不是自己的名字才這麼拚，畢竟補考的分數會打折扣，註定與榜首無緣……

但這個理由是真的嗎？項豪廷自己明白隱藏在背後的質問有多尖銳。

世界上真的會有人為此而拽門拽到跌倒受傷，冒著被車撞的危險橫闖馬路，甚至下跪求老師就為了參加很多人寧可不考的期中考嗎？那該是多麼爭強好勝的思維？

項豪廷沒有答案，他的思考一團混亂，沒有頭緒。

于希顧緩緩站起走到項豪廷面前，毫無預警就掄起拳頭往他臉上揍。

「嗚！」

被打的一方沒有防備，吃痛聲與教室裡爆出的驚呼聲同步。不只同學，老師也嚇了一跳，誰都沒想到優等生竟會出拳打人，更驚訝的是項豪廷會結結實實地吃下這一拳。

突然被揍，項豪廷立刻握拳就要反擊，可拳頭卻揮不出去，因為于希顧哭了。

「嗚……」

揍人的那一方居然哭了，哭得如此痛苦、悲傷至極，彷彿一切絕望盡在眼前。

對于希顧來說，現在的情況的確是世界末日。不能考試、現在揍人可能被記過、成績無法申請獎學金，所有安排好的事情都被破壞，還能有什麼事情比這個情況更能讓他痛苦萬分？

項豪廷不知道該如何反應才好。

自己到底做了什麼？為了一時的爽快、說重要其實也沒那麼要緊的李思妤，還有雖然掃落葉卻也算是自作自受的朋友們，自己對于希顧做了什麼？

他盯著那張哭泣的臉龐，想起那一聲聲的「對不起」，還有一次比一次更猛的拽門力道竟然只剩下沉默。

第三章

項豪廷失眠了。

他並不是個會隨著情緒起伏而影響生活的感性人，這一晚他卻失眠了，躺在床上翻來覆去，腦中不斷浮現白天在學校的場景。

于希顧站在走廊上看公布成績的榜單，即使補考成績會打七折仍考了全校第六名。這個成績沒打折的話肯定是榜首，換做是別人肯定扼腕不已，可于希顧就只是靜靜看著，不曾言語。

那眼神項豪廷前幾天才剛看過，充斥其中的絕望、悲憤、痛苦……太深沉了，他無法忘記。

畫面逐漸扭曲變形，于希顧哭泣的臉占據視線。他第一次知道原來優等生生氣起來打人這麼痛，可痛的不是只有被打的自己，打人的……很少打人的人不懂控制跟保護自己，所以一定更痛，甚至逼得他只能用比平常更絕望的眼神接受第六名的事實。

一想到這種種都源自於他本人，項豪廷就難以忍受，雙手抱頭亂抓，弄得頭髮一團亂。他只有一次這麼放不下過，這是第二次。每次的症狀都是失眠、內疚、煩亂，並且會被回憶跟情緒困住很長一段時間。

他不懂，為什麼于希願要這樣平靜接受？

平靜的接受意味著放棄掙扎，這對他來說是天方夜譚。為什麼要接受？為什麼不據理力爭？這是人生啊！只有一次、不會重來的人生！

明明很在乎的，都在乎到要下跪了……

此時此刻的他一方面痛恨造成這個局面的自己，另一面則對于希願的行為與思考深深不解，甚至有一度萌生想去跟老師說出一切還他清白的衝動。

孫博翔察覺到項豪廷的反常，但也知道直接詢問本人是不會有答案的，無奈之下他只能從他的妹妹項詠晴下手。

「三百。」

「我是要關心妳哥耶！」孫博翔不敢置信。

「認真關心他？」項詠晴挑起眉。

「廢話！」

「那再加一百。」

這下可換孫博翔委屈了。

「喔！你們姓項的怎麼都一樣啊……」但也沒辦法，只能乖乖掏錢。後者接過後才露出其實她也憋很久了、很想找人分享的姿態說：「他現在整個人就進入猴子狀態啊。」

「猴子狀態？」

「嗯！就像這樣。」她用雙手把眼尾往兩邊扯，做出很誇張的表情，還用壓低詭異的嗓音演繹項豪廷，因為還真的有點像，孫博翔都忍不住笑。

項詠晴說他只要遇到讓他真的很後悔的事情，就會變成現在這個樣子。

「後悔？」

「上一次我看到他這樣是在國小的時候，他那時候害一個同學被全班討厭，後來雖然道歉了，也把事情解釋清楚，但還是沒有人願意理那位同學。」

孫博翔聽了直呼好慘。

「對啊。」項詠晴說那是幾年前的事了，細節記不太起來，但項豪廷失魂落魄的樣子卻是怎麼樣也忘不了的。

那時候不管多晚起來，都能看見他的房間門縫透出燈光。項詠晴偷偷擔心了好一陣子，就怕哥哥連續失眠弄出病來。

孫博翔倒是從這段話中抓到了關鍵字，這個詞能把這陣子的反常與前因後果順暢地串聯起來。

「所以他真的在後悔喔？」後悔針對于希顧？還是後悔作弄他？孫博翔不知道哪邊的比例更高。

項詠晴挑眉問：「他現在在後悔什麼啊？」

眼見報仇的機會來了，他馬上露出燦爛微笑問：「妳真的想知道？」

項詠晴連忙點頭。

「五百。」

「你真的很沒品耶！」

孫博翔見她氣呼呼的樣子特別開心，而她則氣到牙癢癢還罵他幼稚。兩人本就熟稔，孫博翔又特別幼稚，只想著報復跟戲耍她，卻沒料到自己的一舉一動都被自己所在意的那個人看在眼裡。

不遠處，盧志剛靜靜地看著這一幕，還來不及思考從心底湧上的感覺叫什麼，一隻手就搭上他的肩膀。

「等很久了嗎？」一個穿著打扮都很時尚的型男朝他笑。他是盧志剛的朋友，叫

John。

「抱歉，臨時找你出來。」

John 擺擺手表示不介意，卻也沒有時間閒話家常，直接切入正題：「你介紹的那個小男生……真的可以嗎？」

「時間不要太長，出入不複雜就可以，因為他還是學生，所以可能需要低調一點。另外就是……可以的話，我想去你們工作的環境看一下。」

「呵……他是你小男朋友啊？」John 的字裡行間充滿了試探。

「沒有啦……」

「既然沒有的話，為什麼幾次約你都約不出來？好好出來喝一下嘛。」John 苦笑著看他，十分無奈地補上一句：「你啊，就是太認真了。」

太認真了。這四個字讓盧志剛內心一震。

剛才孫博翔跟女孩有說有笑並肩走遠的景象躍然眼底，他沒等情緒緩過來就露出一抹淺淺的微笑，笑裡卻帶著些許苦澀。

「找一天喝一杯吧！」盧志剛說。

那份工作各方面來說都很適合于希顧。

盧志剛很感謝朋友的鼎力相助，比起其他工作，在認識的人身邊總是安心不少。而對方似乎也把白天的應允放在心上，當晚就發來邀約的訊息。

若是當場邀約，他或許會馬上答應，可如今那種無法明說的情緒淡了，他反而不知道該拿這個邀約怎麼辦。盧志剛正思索該怎麼拒絕，就看見門外一輛車子駛來，不禁苦笑。

他怎麼就忘了這個人其實也是個行動派呢？

無奈，他只能走出店外。

孫博翔覺得自己真是糟透了！

最近實在發生太多事，而且一環扣一環，絲毫不給人喘息的機會，格外讓人沮喪自責的是他對此毫無辦法，只能眼睜睜看著事情越來越糟卻束手無策。

滿肚子情緒亟需發洩，偏偏又沒架可打，他只能垮著張臉生悶氣。

項豪廷見大家終於從數學課上解脫，只有他臉色沉重，便拋下其他人過來摟住他的肩膀問：「最近火氣很大？」

「他都不讀不回啊。」孫博翔說。

「你不是知道他在哪裡工作嗎？」

這句話瞬間打垮了孫博翔，逼得他發出委屈的低鳴，面對項豪廷他一向不裝堅強。

「可是我不敢面對他……」

「為什麼？」

在項豪廷訝異的眼神中，孫博翔開始說起這陣子發生的事情。

即便心情大受影響，工作仍得做，所以找完于希顧麻煩後，他還是出現在健身房裡，卻為了減少跟盧志剛的接觸而拚命做事。後來時間漸晚，他太過勤奮把工作都做完了，一閒下來身體就順著習慣尋找那個熟悉的身影，對方像是有心電感應一樣轉過臉來朝他笑，孫博翔卻沒有像之前那樣回以熱情的招呼。

他想到這個笑容並不是他專屬的，就覺得心底一陣難受。

許多事情都是這樣的，不知道或沒看見就能當是幻想，可實際瞧見後就難以繼續欺騙，加上對方還是于希顧……種種複雜情緒一直糾纏著他。最後他終於沒忍住，尾隨盧志剛進淋浴間，一方面想著要打破僵局，另一方面也無法忍受這種尷尬的互動。

不知道是淋浴間裡潮溼又悶熱的氛圍影響判斷，還是醞釀已久的情感早已發酵變質，又或者是……這兩天晚上壓根兒沒有睡好，連續做春夢造成恍惚的關係，孫博翔發現自己沒辦法保持冷靜，身體裡像有野獸在叫囂，等回過神來時他已經喊了一聲「志剛哥」就直接把人往牆上壓，同時吻他的嘴唇。

盧志剛有些驚訝，用力把這個男孩從自己身上推開一些。

「別這樣，好嗎？」他說。

可孫博翔的腦袋已經亂成一團。夢裡的妄想成真，所有的渴求都在這一吻中獲得滿足，他正是性慾高漲的年紀，別說接吻，就連一張性感照都能勃起，何況盧志剛是他心心念念的暗戀對象，一時難以克制便又吻了上去。

他順著身體本能以單手扣住對方的後腦，另一手壓制著對方的手腕往牆上摁不讓逃脫，但又被推了開來。這一來一往彷彿是場追逐，更讓孫博翔起了好勝心，便更加熱情地吻上對方。

這回，盧志剛倒是很難一鼓作氣推開他了。

一方面是雙手受制，難以出力，另一方面則是……他不忍心拒絕這個一向不掩飾對自己好感的男孩。此時此刻，他正用渾身力氣對自己訴說喜歡的情緒，一想到這一點他就狠不下心，可是如果不反抗就這樣讓他繼續下去的話……

一想到這，他卻渾身發抖。

他怕。

他睜開眼，襲捲全身的刺激感瞬間遠離，過往的記憶還殘留在身體上跟腦子裡，一旦有任何誘因就會甦醒。他被恐懼驅使，一個用力就把人給推了出去！

「啊！」

這一推並不是蓄意，可盧志剛畢竟是健身房常客，力氣不容小覷。孫博翔讓他一推更是滿臉錯愕，同時卻也徹底清醒，正想解釋自己行為的起因，盧志剛卻一臉複雜地迅速離開現場，連置物櫃裡的東西都沒拿。

孫博翔呆靠在洗手臺上，良久沒有反應。

他不知道自己是著了什麼魔，也許是吃醋、委屈、壓抑到已經變質的情感找不到宣洩口後爆炸而有的，但不管原因為何，他都做了錯事。

一想到盧志剛或許已經討厭他了，他就像個孩子一樣猛地哭了出來，還用拳頭狠狠地砸了自己一下。多希望這個拳頭是在一切都還沒發生前就落在頭上，這樣至少能少做一件錯事。

項豪廷沒想到之前他要自己去豆漿店找那位大哥道歉，居然是因為有這樣的內情，正想罵他蠢，卻看他的神情惴惴不安，馬上明白事情還沒結束，便壓下衝動聽他繼續說。

強吻被揍與道歉未果後孫博翔安分不少，衝動過後理智上線，他反省自己並沒有弄清楚對方喜不喜歡男生，甚至喜不喜歡自己就出手，還把不反抗當成默許……回過神來後他只覺得痛揍自己一拳根本不夠。

隨便掰個藉口跟孫文傑說後，他便減少了去健身房幫忙的時間與次數，一連幾天下來心靈極度空虛，等回過神來，他已經騎著腳踏車來到豆漿店外偷看了。

一開始他生怕被發現，所以很謹慎地站在遠處，但久了便大膽起來，開始尋找最靠近卻不會讓人一眼看穿的地方蹲點。原本以為自己的感情或許要告吹，只能一輩子單戀了，尤其是看到盧志剛上了別人的車，兩人不但舉止相當親暱，那個人甚至還摸了盧志剛的臉頰。

他仔細凝視，發覺盧志剛的笑容有那麼一點勉強，一下子忘了自己避不見面的理由就要去替他把那人罵走。下一秒那個人卻拉開車門，把盧志剛接上車開走了。

他內心大喊不妙，騎車就追，但沒多久就跟丟了，他還氣喘吁吁的實在狼狽，左思右想後只能撥電話找人。

「你給我下車！我現在去找你！」

他氣急了就口無遮攔，擔心、著急與不安等情緒都沒有傳達出去，只讓盧志剛接收到跟蹤、遷怒與不理智等線索，氣得掛了電話。孫博翔幾次撥打都沒接通，只能在路邊怒吼，卻分不清楚是生對方的還是自己的氣，憤怒之餘還有沉重的無力感，覺得一切都失控了。

他不知道的是，最後盧志剛因為他的電話而中途下了車，走在雨中，他想到的卻是那張強吻過自己卻無比受傷的臉，還有一些跟孫博翔共有的相處回憶與細節。孫博翔意外地占據了記憶裡很大的一個角落，那裡是彩色的，特別繽紛。

「然後呢？」

「他現在一定覺得我是小屁孩一個，連理都不理我。」

「你是啊，哈……」項豪廷倒是沒留情地直接吐槽，被好友瞪後才安撫似的說「好嘛」，鼓勵他繼續往下說。

「我本來想說直接去找他，但肯定會被打槍，到時候連朋友都當不成……」說完還嘆口氣，就像生命再無色彩的末期患者，對任何事都提不起興趣跟熱情。

項豪廷聽了簡直要翻白眼，心道這傢伙平常機靈得很，怎麼遇到感情的事情就這麼不理智，還特別笨……

這時，被派去採買便當的兩人終於回來，項豪廷也在同時看見一抹身影從二樓走廊上快速穿越而過，便迅速起身離開，一句話也沒交代。眾人對他的行徑特別不解，只覺得他實在越來越難捉摸了。

❢ ❢ ❢

項豪廷是追著于希顧來的。

前幾天，他一度晃到于希顧的公寓樓下想為自己的所作所為道歉，卻沒有勇氣按門鈴，猶豫之時不小心被于希顧看見，還下意識落荒而逃。當時只氣自己蠢，可一些細膩如髮的情緒卻悄然入侵心底。

為什麼會這麼緊張？為什麼會這麼內疚？為什麼這麼在意他？

這些說不清楚的情緒在失眠的夜晚特別明顯，像是有誰在耳邊低語，項豪廷知道自己怪怪的，不然為什麼一看到他穿過走廊就毫不猶豫跟上？

他看著于希顧走進保健室，卻因為怕跟對方面對面而裹足不前。等著等著卻聽見手機鈴聲從口袋傳出，他沒多看就按下接通，怕聲音吵到裡面的人出來查看。

「你在哪裡？」是李思妤。

「學校。」項豪廷回答得簡短，聲音還壓得低，頗有想結束通話的意思。接下來李思妤問什麼他都只就字面上的意思回答，弄得李思妤極度不悅，正想發難，卻沒再聽見項豪廷的聲音。電話另一頭的項豪廷一看到保健老師單獨走出來就掛了電話，也不管會不會惹火女友。

他料想于希顧應該又是躺在床上休息，遂大起膽子悄悄走去，開關門都特別放輕力道，就怕發出聲音。

于希顧果然躺在床上，一如既往的側躺。

他悄悄靠近，突然想起手機沒關靜音，拿出來設定時順道看時間，不禁皺眉。

「午休都過一半了，還在睡？」

他仔細看，發現于希顧的臉色很不好，不只沒好好吃飯應該也沒怎麼睡足，猜測是長期操勞加上用腦過度又不運動造成的，項豪廷以前對這種不愛惜身體的人沒有耐心，覺得都是自找的，可于希顧……他卻猜想對方是有苦衷的，不然怎麼會考不到一場期中考就大哭？

他忘不了那張哭泣的臉，跟打在自己臉上的那一拳。

于希顧睡得極熟，完全沒發現自己正被觀察，項豪廷也就更大膽地直直盯著看。

包括還抓著原子筆的細長手指，略顯營養不良的身形，突出的顴骨與下巴，最後來到一點贅肉都沒有，甚至還往內凹現的臉頰。

上回還打算用筆在那張臉上亂畫呢，一想起這個，項豪廷就覺得那時候的自己挺蠢的，甚至笑了出來。

但……微笑過後卻是不解。

為什麼他這麼瘦？好像一點風就能把他吹跑一樣……都說愛笑的人會有好運，于希顧卻像是跟好運沒有緣分一樣愁眉苦臉的，明明睫毛這麼長、眼睛那麼水亮的……

他的腦子此時竟然自動播放起有關於眼前人的記憶片段。

這麼纖瘦的身軀卻總像扛著千斤重擔，步伐緩慢地走著，堅強且沉默。

獨自在圖書館複習的時候異常專注，像是全世界都在那本筆記裡。

在辦公室裡對著老師微笑，那時候的他情緒是放鬆的，眼中有神采。

哭喊著請老師讓他考試，最後邊哭邊朝他揮來一拳的時候……對比之後他在走廊上漠然看著成績，沒有任何情緒的樣子，項豪廷頓時覺得背脊發涼，若不是他的報復……

記憶仍在演出，在那些回憶裡于希顧是放鬆的，像隻慵懶的貓，讓人愉悅。

就在項豪廷露出笑容的時候，原本雙眼緊閉的人緩慢睜眼與他四目相對，一種詭異的感覺油然而生。那雙眼睛像是含著千言萬語，項豪廷突然心跳加速，呼吸困難。

「你要幹麼？」于希顧可被嚇慘了，一睜開眼就看到有人靠得好近，還笑得極為燦爛，他連忙從床上爬起。

這句話將項豪廷猛地拉回現實。

「沒有啊……」他怎麼好意思說自己是看他的臉看到傻了？

于希顧警戒地坐在床上，以為項豪廷想來繼續找麻煩，誰料對方卻跟前幾天一樣迅速轉身跑開。這回比上次更糟，連句「我路過」都沒……究竟有什麼企圖實在讓人費解。

項豪廷一路跑到屋頂上，眼見四下無人才鬆懈下來盯著天空，渾身還在顫抖。除了偷看被抓包的羞愧與不知所措外，他還在慌亂中抓住了一個線索的線頭。

為什麼自己會這麼在乎？會這麼無法克制？會連續失眠好幾個晚上？

這種感覺他都曾經經歷過，但……那都是他在看到自己有興趣想靠近的對象時才會有的……

他瞪著天空，皺眉閉眼，不知道如何是好。

既然有煩惱，那就堂堂正正對決、KO它！

放學時間，他找到孫博翔一起回家，路上看見車輪餅就停下來買個墊墊胃，在排著長長隊伍的時候猝不及防地問：「你覺得我帥嗎？」

孫博翔覺得這問題真的滿蠢，敷衍說了聲「帥」。

「認真的啦！」他甚至伸手扣著人家下巴逼迫給答案，「我帥不帥？」

「帥啊！要不然李思好怎麼會喜歡你，對不對？」

「那、那你看到我的時候會不會有一種……啪啪啪啪！心臟快要跳出來的感覺？」

「嗯……沒有，比較像，動次動次動次的那種感覺！」孫博翔不明白好友突然發什麼神經，但陪著一起胡鬧他很在行。這會兒耍寶完也發現輪到他們了，便沒再搭理好友逕自跟老闆點餐，還猶豫了一會兒該點哪些口味。

「欸快點啦，你看到我的時候到底會不會緊張？」

孫博翔聞言直接給他一個大白眼。這傢伙鋪陳前面那麼一長串，就是為了誇自己好看？

「不是，我看到你幹麼要緊張？」他挑眉問。

「可是我會啊。」項豪廷說。

「哼！」孫博翔實在無奈，覺得自誇也要有個底線吧。原本沒打算理他，誰料那些話還是會溜進耳中，耳朵沒辦法像鼻子眼睛一樣摀起來裝死，但他越聽越覺得……

「我每次只要一想到他那個凸凸的顴骨，還有長長的睫毛，嫩嫩的嘴脣，好想要……」他做了一個大口咬下吞嚥的動作，十足一野獸，還大喊一聲「好 juicy 喔！」

……越覺得他是在鬼扯蛋！這已經不是自戀，是沒有病識感的程度了！

「好 juicy 喔？」

「嗯！」

「你會不會太自戀啊？」

「我不是在說我啦！」搞半天好友一直搞錯主詞受詞，難怪反應怪怪的。

「那你在說誰？」孫博翔壓根兒不知道現在他在演哪一齣，沒頭沒尾地拋問題，又自顧自地陶醉……能懂的話還比較稀奇。

他眼看項豪廷要走遠，連忙趕上去追問他口中的對象到底是誰。

「于希顧。」

孫博翔格外慶幸自己沒有邊走邊喝飲料的習慣，要不然肯定全部吐出來。

「于希顧？」他板起臉孔，模仿他生人勿近的樣子說：「『你們都不要來煩我』的那個于希顧？」

項豪廷像是被自己的說法給說服了，頻頻點頭還逐漸露出笑容，又說了一次：「嗯！我覺得于希顧長得很好看，而且我看到他的時候不知道為什麼我的心都會……差點蹦出來耶……」他一抬頭發現孫博翔的表情明確寫著「你有事嗎」，忍不住大吼一聲負氣要走。

孫博翔看他不像在開玩笑，好像是真心覺得……于希顧很好看。

「欸你不要旋轉我耶！」

「我沒有！」他義正辭嚴地強調，「一開始是因為……他哭了，我看到他哭覺得他很可憐，所以……我一直以為我是在同情他，但不是這個樣子！」

他的表情突然變得柔和，孫博翔對此非常熟悉，因為他想到盧志剛的時候也是這個表情。

「我發現我開始會注意他，像是他在讀書的時候，在笑的時候，走路的時候，甚至只是站在原地不動！我都沒有辦法不去看他耶……就連今天在保健室，我也一直、一直盯著他，我根本不知道我到底在幹麼，就只是覺得他……他好可愛喔……」

孫博翔苦笑一聲，直接替他說下結論。

「你喜歡于希顧！」

項豪廷整個傻住。這個結論……好像很可信。心底原本籠罩的烏雲瞬間散開，背後晴朗的太陽露臉，照亮原本陰鬱、毫無生氣的項豪廷的心。

午後突然下起雨來，好友張庭安見李思妤沒有帶傘就把自己的給了她，換回她嬌俏一笑與感謝。

「嗯，好啦好啦！」

「那如果我爸媽問妳們的話，妳們要幫我 cover 喔！」李思妤整個人喜孜孜的，雖然被無視又掛電話滿不高興，但事後項豪廷還是來求她原諒了，就不跟他計較，況且接著還要去旅行，開心都來不及了。

三人說說笑笑的，劉美芳卻突然說：「那不是于希顧嗎？」

往前看，果然看見一個長相貌似于希顧的人，手裡捏著紙條像在找路，隨後走進一間建築物裡。三人好奇地在外東張西望，對於于希顧這種優等生會跑來這裡直呼不可思議。

「這根本就是一家夜店啊。」張庭安說。

「可是他去夜店幹麼？」劉美芳問。

「去夜店還能幹麼？表面上是好學生，私底下是玩咖吧？」李思妤還在記恨于希顧叫她不要再靠近的事，說起話來特別毒。

劉美芳是于希顧粉絲，自然向著他，跟李思妤一來一往互相駁斥，張庭安相對中立，拿起手機估狗資訊，發現好評不少：「這家夜店還滿特別的耶，好像是男生都會去的那種。」

外頭還下著雨，她們不想在路邊呆站，等了一下也不見有人出來便散了。

于希顧走在回家的路上，心情輕鬆不少，因為打工的事情終於確定了。原本還擔心盧志剛會拒絕介紹高薪工作，結果他只是關切了幾句就幫忙找到條件這麼好的……于希顧覺得這輩子欠盧志剛的恩情要多到還不清了。

「……打工一次兩千，只要避開學測，那差不多要十次……十次就可以了……」

他一邊盤算接下來的日程該怎麼調整，打工時間增加，複習跟睡覺的時間就會減少，考試成績卻不能因此掉了，該怎麼安排得好好考慮，不能草率。

因為是走慣的路，他並未分神注意四周，快到家前才抬起臉，卻發現有個人站在那兒。待看清對方是項豪廷後，更是停下腳步不敢往前。

他會停下並非全然因為恐懼。

這陣子項豪廷的舉止異常，無法用常理解釋，早就讓于希顧困惑不解，躲開都來不及更別提了解。加上前幾天也曾在這裡偶遇，那種被埋伏突擊的不安定感跟于希顧所追求的生活方式相距甚遠，他自然害怕。

項豪廷等了一陣子都不見于希顧走近，原先想好的巧遇或是瀟灑的應對方式都不能用，無奈之下只得主動。

他進一步，于希顧退半步。他再進一步，于希顧卻不再退後，同時雙手握拳，渾身緊繃地站著。

總不能一直這樣逃避下去，說不定他是來說怎麼一筆勾銷的呢？早些時候他才請夏得傳話，詢問該怎麼樣才能一筆勾銷兩人之間的恩怨，如果能早點畫上句號當然很好。期中考已經被搞到要補考，還得額外打工才能應付開支，若連期末考也缺席……實在不堪設想。

于希顧強迫自己勇敢起來，不要躲避項豪廷的注視，於是形成了他微微抬頭盯著對方、對方也微低下頭看他的畫面，兩人都沒有說話，氣氛緊繃且尷尬。

時間一分一秒過去，于希顧卻受不了在這裡浪費時間，畢竟每過一秒，他回家複習功課跟睡覺的時間就少一秒。

「你到底要幹麼？」他皺眉問。

「我不會再找你麻煩了，真的。」

這個保證來得太過容易，而且毫無預警，于希顧被他整怕了，不免要懷疑地問一句：「是嗎？」

項豪廷堅定地點頭：「相信我！」

「那你幹麼一直跟著我？」這一點他想不透。如果不打算再搞破壞、也沒打算有更多報復，那為什麼……這陣子會不斷巧遇？這頻率實在高得離譜，有點腦袋的人都會察覺不對。

被問到這個問題，項豪廷居然有點害羞地別開視線，過了一會兒才說：「我需要請你幫我確認一件事情。」項豪廷自知做過的事完全足夠被加入黑名單第一，對方會懷疑也是正常的，無奈之下只能直接提出要求。

「我不要，有什麼好確認的。」

啊，果然被拒絕了……沒關係，再接再厲！他在心底默默給自己打氣。

「等我確認清楚之後我一定會告訴你。」

于希顧還是沒有點頭。

「我一直在想你。」他沒辦法，只能用哀兵政策博取同情，「我不知道，我……走路、吃飯、洗澡、打電動甚至睡覺都會看到你。」

「你有事嗎？」于希顧只差沒說他有病。

項豪廷沉默許久，下意識要伸出手摸他，卻被一把握住手腕阻止。

因為他的表情太過認真誠懇，不見一點嬉鬧，于希顧原先是不樂意的，但又怕他因為自己拒絕而起報復之心，幾經猶豫還是點頭答應了，反正……萬一他有什麼企圖，轉身跑掉就是了。

見他答應，項豪廷鬆了口氣，之後慢慢地伸手摸上他的臉頰。

「嘶……」

于希顧不是因為他的手很冰而顫抖，而是這個動作完全出乎意料，而且對方還伸手摸他自己的胸口，像是在感受什麼一樣閉上眼睛。

現在逃跑還來不來得及……？于希顧默默地想。

「加快了！」

像是發現新大陸的語氣與興奮不已的眼神更加深了某人想跑的念頭，可沒等他付諸行動，項豪廷馬上把臉湊近，是其中一方有意願就能吻上的距離。

完全被動的一方下意識憋氣，緊張得指甲掐進肉裡，還沒來得及想這是不是對方新想的捉弄手段，就感覺到一股熱氣在鼻間盤旋，濃厚獨特的香味雖不難聞，卻讓于希顧手足無措。他從未這麼近距離與人接觸過，獨行慣了，還真忘了得要多近才能聞到彼此的……

「是真的，我喜歡你！」

不顧他滿臉錯愕，項豪廷更加靠近他並露出開心的表情宣告，像是剛買到朝思暮想了一輩子的珍貴事物而開心似的真摯直率。

于希顧看傻了，晚了一秒才反應過來目前兩個人的距離實在太近。

「你幹麼啦！」他猛然推開對方。

項豪廷對於被拒絕反而沒有太多厭惡，露出一抹燦爛開心的微笑後突然朝于希顧鞠躬接著轉身離開，留下于希顧站在現場不知所措。

結果他也沒有得到項豪廷的答案。

項豪廷呢？他則是想起下午他與孫博翔討論的內容，同時再次慶幸自己有問題煩惱就要ＫＯ的性子，不然哪能這麼快就豁然開朗。

「『以往你是怎麼確認喜歡人家，然後讓對方成為女朋友的？』」

「『很簡單，就親了摸了，然後小香菇就登登登——』」

如今他可是心跳加快、情緒激動、小香菇也登登登了。

第四章

項豪廷一旦決定要做一件事就會全力以赴。

從單方面宣告「喜歡」之後他就特別積極主動，隔天甚至帶了兩人份便當等在保健室裡要讓于希顧吃。

「睡覺前還是要吃東西吧？過來，一起。」他嘻笑著說，見于希顧沒反應便朝他走去，握住他的手腕時不禁皺眉道：「我實在想不通，你已經這麼瘦了，為什麼要減肥呢？」

于希顧只是沉默地甩開他的手。

「你不用擔心，我追女朋友的方式一直都是……女朋友？男朋……啊！不管啦！反正我一定會讓你感受到我……」

「你不要再胡說八道了，你到底想怎樣？」于希顧皺眉問道。

「我昨天不是說得很清楚了，我要追你啊！」

縱使他夠真誠，可惜前科累累，這種宣言聽在有心人耳中只是另一場戲耍的開端，他也早已被這些花招弄得疲憊不堪，握住拳頭猛地大吼出聲：「你不要再耍我了。」

「我，真的要追你。」項豪廷仍不斷重申。

「你到底是不是男人啊，我都已經表明願意道歉，你也乾脆一點好不好？」于希顧甚至用他之前嗆自己的話打回去，這一下特別響。

「我很乾脆啊。」

項豪廷被他吼得笑容漸失，不懂為什麼以往追女孩子得心應手的方式用在這裡就處處碰壁，逼得他只能把便當連袋子硬塞到剛吼完還渾身顫抖的一方手中，接著靜悄悄地離開，眼裡滿是失落與受傷。

可于希顧並沒瞧出來，他還處於驚懼與厭煩之中無法冷靜。

項豪廷沉默著走向屋頂，從一票好友中撈出孫博翔，語無倫次地抓著他的肩膀問：「孫博，怎麼辦？我該怎麼樣才能讓他再相信我一點、再多理我一點？我該怎麼辦？」

孫博翔也有自己的煩惱，不耐煩地說不要在這裡講，卻不料項豪廷口無遮攔地直接說：「你不是超喜歡你那個大叔的嗎？你不是愛他愛得不要不要……」

「你白痴啊！」孫博翔瞬間暴怒。

沒料到會被強迫出櫃，還是因為好友追于希顧不順利，孫博翔的白眼都要翻到天邊去了，怎麼這會兒反而是自己要充當他的心靈導師？

「『同性之間的愛沒有保障的，所以真心很重要，你不打動他，他憑什麼跟整個社會不同掛來喜歡你？你也想得太天真了！』」

不過，看來自己還滿有潛質的，說得真好……孫博翔正沾沾自喜，手機突然顯示有訊息，點開一看他差點沒吐血。

是孫文傑，傳了一張盧志剛左手臂受傷的照片過來，傷者背對鏡頭，明顯是偷拍的。

他氣急敗壞地撥給孫文傑，劈頭就問是發生什麼事。

「你是沒看到圖片喔？」

「你怎麼會讓他受傷咧？」孫博翔可心疼死了，又氣又急地質問。

孫文傑只說已經做過緊急處理了，傷勢也不嚴重，叫他別瞎操心，沒忘了提醒他不要忘了這週末要來代班才掛斷電話。

孫博翔此時陷入掙扎，擔心他的傷勢卻又有所顧慮，幾經拉扯後他突然想起今天下午項豪廷勉勵自己的話，此時聽來卻那麼有力、充滿熱血。

「『就算完全沒有希望，也要讓他們知道，我們是真的有愛。一起加油！』」

他心想自己可不能輸給那個傢伙，便默默下了個決心。

❢ ❢ ❢

因為于希顧有新打工的關係，店裡不得不徵新人。孫博翔到的時候盧志剛正在教新人一些基本事項，一看見他頓時愣住，表情有些尷尬，最後還是孫博翔更主動一點。

「你有空嗎？我想跟你聊聊。」他說，兩人便移動到沒人的休息室去。

盧志剛身為被動一方只能沉默等待，看著孫博翔在眼前來回走動，像是在醞釀什麼，幾度想說話又嚥回去，格外委屈又掙扎的樣子，他反而有種……對方真可愛的錯覺。

「所以你今天來找我，是想跟我講上次你親我的事？」

孫博翔的沉默就是答案。

他的猶豫不決與退縮閃躲的眼神，看在對方眼裡都像是「後悔」。

前陣子自己說的話浮現腦海，這年紀的孩子總是三分鐘熱度，還特別衝動，那時只是說來安撫自己的，如今卻打臉了。

「沒事啦！我沒有放在心上，你也不要在意。」他想孫博翔肯定是後悔了卻不知道怎麼說，心想自己是大人，該成熟點，所以主動開口寬慰他。

不料，孫博翔聽完卻猛地抬起臉來直視對方，「不要在意」這四個字宛如火把一樣點燃了他。任誰被他這麼直率又不遮掩地盯著都要受不了，盧志剛更是如此，他怕被當中的熱切所灼傷。

「我喜歡你。」孫博翔在說這話時，眼神堅毅篤定。

盧志剛對這段告白做出的反應就是視線逐漸失去焦距，心底不由得感嘆對方始終是個比自己要勇敢許多的男孩。

年輕的一方並未退縮，他能跟項豪廷這麼合得來，其中有一點就是他倆性子夠相似，一旦決定一件事就不會退縮，會想辦法爭取。

「我不是一時興起。」他強調著，「自從我去我哥的健身房，第一眼看到你後就一直喜歡你，已經喜歡你……四百七十三天。」

四百七十三天。

盧志剛不敢回應，光是如此明確的數字他就知道孫博翔絕對不是一時興起。

「而且慢慢跟你混熟之後，我更確定我喜歡你。我那天看到你坐上一個男人的車，你們還那麼親密，既然你可以接受男人，那給我一個機會啊，我是真的想跟你在一起。」

盧志剛終於忍不住露出笑容，卻是苦笑，心道這孩子實在年輕。

「我相信你喜歡我，但是以後呢？」

「我會！」孫博翔執拗地說，「那你喜歡我嗎？」

「誰不喜歡？」他把手搭在對方頸際輕揉，安撫意味十足，「你那麼可愛又那麼帥，個性又好，我當然喜歡你。」

孫博翔敏銳地察覺到自己被當孩子哄了，馬上拉下他的手並皺眉說道：「我是說在一起的那種喜歡。」

盧志剛感到無奈，尤其當那句「我想永遠跟你在一起」竄入耳朵的瞬間。

永遠？他已經有多久沒聽過這兩個字了？以前常常放在心上掛在嘴邊的，可最後對他說、或讓他說出這句話的人都一個個離開了，只剩下他一個人守著「永遠」，最後……他也放下這兩個字了。

「永遠……你真的太年輕了……你才高中你懂什麼是永遠嗎？」

他之所以放下，不是因為不信，而是因為他沒有勇氣再信。

「我知道。」

「你可以保證你一輩子都喜歡男生嗎？」

「可以。」

「搞不好你一覺醒來發現你喜歡你們班的女老師，或是隔壁班的男同學？」

「絕對不會。」

「我在你這個年紀的時候也是這樣。」盧志剛苦笑著看他。

「你不要拿年紀來壓我！喜歡一個人跟年紀有什麼關係？」孫博翔只覺得受傷，這種質疑的話語換做是任何人他都能一笑置之，盧志剛是唯一的例外。

「當然有，只是你現在還沒辦法明白。因為時間、現實是存在的，在未來你會認識到一些人、遇到一些事，他們的自私會讓你慢慢了解這個世界上沒有永遠。所以，請你不要隨便說永遠，好嗎？」

盧志剛那張總掛著寵溺笑容的臉很少如此苦澀且悲傷，任何人看了都會不捨，更何況是一直喜歡著他的孫博翔？幾乎是心臟一緊，痛得要泛淚。

「但我跟他們不一樣！」孫博翔對此很不服氣，他不允許自己的心情被代言，還代言得支離破碎，偏離真相。

「你可以說我年輕，也可以說我不懂，但你不能說我無法永遠愛一個人。我不管你是男生還是女生，我的身體告訴我，我就是要你！」

盧志剛發現自己的喉嚨好乾，難以言語，想說什麼卻像火在燒一樣。在他眼中這個男孩的眼神在發光，太耀眼了，逼得他只能講出「沒辦法」三個字就落荒而逃。這種太過炙熱、純粹的情感讓他害怕，他怕……自己又再一次相信起「永遠」。

孫博翔看著他跑掉，只覺得心裡苦澀。

他知道盧志剛肯定有過些什麼，都已經是一間店的老闆，學生的生活經歷根本不能比，但被這樣拒絕……他只覺得特別受傷，因為他所提的那些都是未知數，都是未來極度遙遠的「可能性」。

就因為恐懼、不好的經驗，所以他被徹底否決了……他甚至不是那些傷害過盧志剛的人。

「嗚……呃……」他把頭靠在鐵櫃上，不讓哭泣的樣子或聲音外露，太窩囊了，他甚至不知道該怎麼做才能讓情況好轉。這宛如一個死局，他正處其中無法脫身，痛苦至極。

夜晚，項豪廷在柱子陰暗處躲藏，沒讓從樓上衝下來的于希顧發現。

這麼晚了他要去哪裡？項豪廷滿心疑惑，趕忙跟上。

稍早時候他受了孫博翔的鼓勵，決定要讓對方感受到誠意，所以又去買了新的便當，軟硬兼施讓于希顧吃下，甚至不惜用「你不吃我就親你」的方式威脅，實在是招數用盡。幸好，那個便當最後還是見底了。

項豪廷覺得很滿意，因為上一回于希顧還會吼他，這次沒有。於是回家時也厚著臉皮一起走，甚至提出明天想來他家一起複習。

他的想法很簡單，多相處些，總會看見平常看不見的優點，以往這招總是有效。

這回于希顧一樣沒有劇烈反抗，只是頻頻注意時間，項豪廷原本以為他是趕著複習，送他上樓後在樓下做自我檢討會時果然看見屋內的燈亮了，可沒過多久又迅速暗了。

這麼快就睡覺？他想了想覺得不對，便往旁邊一躲。沒多久于希顧衝下樓來邊看錶邊跑遠，像是赴約快遲到了，最詭異的是，他還搭了公車。

項豪廷一路跟隨，躲得特別艱難，幸好于希顧頻頻看窗外，並沒有發現自己被跟蹤，下了車後也是一路向前快走，最後消失在一座階梯的盡頭。項豪廷不敢冒進，放緩腳步仔細觀察建築物外觀與擺設，加上醒目的「DRUNK CAFE」霓虹燈，他判斷這裡是間販售酒精、沉溺與美夢的場所。

「他來這邊幹麼？」于希顧不像是個會泡吧跑趴的人啊，項豪廷想不透。

他走進店裡，昏暗的燈光、愉快捧著酒杯交談暢飲的人們，還有輕鬆甚至有些蠱惑人心的音樂，這裡毫無疑問是一間酒吧，放眼望去年輕人偏多，活力十足……而且，統統都是男人，甚至有一對已經在門邊放肆地擁吻起來，旁若無人。

于希顧到底來這種地方做什麼？他皺著眉不解。

⁂

第一天上工，加上還有點小遲到，于希顧很緊張，受盧志剛的請託負責帶他的John心想這孩子還真是青澀。

「不要緊張，只是送餐送酒，有什麼不懂隨時發問。」

他的酒吧是正派經營，也嚴禁員工私底下做違法生意，正是因為這樣盧志剛才放心讓這個男孩過來兼職。John心底也有刷一波盧志剛好感的企圖，所以早跟員工說過了，請他們多關照新來的。

「好的。」

John見他還是緊張，忍不住笑，只能拍拍他的肩膀以示鼓勵，還想多說些什麼的時候突然聽見一陣吵鬧聲。

他以為是有人來找碴便要去看看情況，誰料一轉頭就看見個穿著制服的男生正抓著他家服務生的領子，另一人則死命抱住那男生想分開兩人，卻成效不彰。

那學生在看見于希顧的瞬間馬上轉移目標，見John擋在中間也不客氣地撥開，甚至在看見身穿服務生衣服的于希顧後瞬間失去理智，大吼一聲「跟我走！」就猛地抓住對方的手往反方向扯。

「放開！」

John並不知道兩人是什麼關係，但顯然于希顧並不怎麼樂意跟著走，光這一點他就有足夠的理由阻止。

「先生，有什麼事嗎？」

他伸手用力按在項豪廷的肩膀上並收攏五指，想藉著半壓制半包覆的小動作讓對方冷靜下來。可項豪廷壓根兒沒接收到他的意圖，反而把這個動作當成挑釁迅速揮拳，直接往他的臉上揍。

這一拳使盡了吃奶力氣，男人縱使有防備也被打得往後倒，兩名服務生反應快，在尖叫聲中衝上來扶住他。于希顧則被這個發展嚇得忘記掙扎，就這樣讓項豪廷拽著往外走到大馬路上。

一連串的發展是于希顧始料未及的。他光是想到這份工作剛開始就給老闆帶來麻煩，登時怒由心生，被拽到外面後執拗得背對項豪廷，一句話也不肯說。

項豪廷以為他在哭，怒氣無處發洩，轉頭就朝于希顧大罵。

「你哭什麼，你到底知不知道那是什麼地方？在這邊工作你到底有什麼問題啊？萬一被誰看到、被奇怪的客人纏上，或是染上不好的習慣怎麼辦？」他的擔心跟緊張都被憤怒情緒包裹，讓人難以分辨。

他吼完後情緒發洩，身體跟著冷靜下來，「他為什麼寧願冒著風險來打工」的疑惑也閃過腦海，可沒時間容他細想，于希顧就再也受不了似地朝他大吼。

「有問題的是你！」他猛然放下手臂，眼眶並沒有淚水，卻比流淚更讓人心驚。

項豪廷被他現在這副樣子震懾住了，吐不出任何辯解，像個自以為幹了好事卻被責罵的孩子那般疑惑萬分。

他不解的表情看在于希顧眼裡成了裝傻，一次、兩次還能忍，可三番兩次被打壞生活安排，脾氣再好的人也會發怒。這幾天項豪廷的反常，跟現在發生的狀況連在一起，于希顧馬上有了結論。

「我就知道你在整我，你就在等這個機會毀掉我的一切，搞砸我所有的努力……項豪廷，我求你放過我吧！不要再整我了！你到底要我怎麼做你才會覺得爽、覺得滿意啊？下跪嗎？」

不等項豪廷答覆，于希顧馬上跪下。為了能唸完高中，他不覺得下跪是一件丟臉的事。

「對不起！我真的當不起你遊戲裡的主角，我沒錢，我知道我人跟你不一樣啦，我很需要賺錢，沒有拿到獎學金的話，我下學期的學費就交不出來了耶，你可不可以留一條路給我走？」于希顧基本是想到什麼說什麼，這些日子的不安、驚懼、無奈與恐懼統統化做言語吐出，顯得雜亂無章，毫無條理，卻格外真實。他臉上雖帶著笑，但……卻給項豪廷一種特別熟悉的感覺，是期中考那時候的感覺。

他一句話也說不出口，本想反駁自己並沒有整他，但……就算自己真的沒有，那于希顧的這些感受又是從何而來的？

無論是檢討加害者或被害者，一定各有說法，但對現在的項豪廷來說毫無疑問——他是該被檢討的一方，因為他又再一次讓這個人哭了。

第一次讓他哭，是報復搞砸了他的期中考。

他想彌補，想關心，想讓一切變得好些，可即便如此努力，他仍是哭了，這一次，他在自己面前下跪痛哭，求自己饒過他。

只是想關心一個人，為什麼會弄成這樣？項豪廷不懂。

心臟因此而揪緊，很痛，熟悉的感覺再次來到，還比上一次更猛、更強。

「于希顧！」項豪廷大吼一聲蹲下，手掌扣著對方的肩膀想讓他起來，但于希顧在這個時候力量奇大，不斷撥開他的雙手，害他站不穩地往地上一跪！

「你起來，我沒有要整你！」項豪廷吼道。

「你就是在整我！」于希顧也不甘示弱地吼回去，「因為你，我的期中考試成績可能會影響獎學金申請，這樣下學期我就繳不出學費，好不容易志剛哥幫我介紹這份工作可以賺到錢，又被你破壞……」他跪在地上，發抖不是因為冷而是對於項豪廷的所作所為產生的恐慌。

「你知不知道這裡是酒吧？有多少複雜的人進出，萬一你被奇怪的客人盯上怎麼辦？如果有人硬要逼你跟他開房間你拒絕得了嗎？要是有人跟蹤你回家，知道你家住哪裡天天去煩你，你還要不要好好唸書了？你缺錢也不必到這種地方啊，知不知道我有多擔心——」

「不需要！」于希顧突然失去理智並猛力往前推。

項豪廷被他的情緒爆發嚇到，原先還懸空的膝蓋重重往地上跌，痛得他哀號，但他的聲音馬上被于希顧的怒吼蓋過，一抬臉就看見他正站在自己面前，因為街燈的角度正好是逆光，看不清楚表情。

「你可以收起你的自以為是嗎？」于希顧咬牙切齒地質問，「志剛哥說這裡很安全，老闆會照顧我。我也不會待得很晚，就算會，也不需要你因為擔心而跑過來鬧！」

他像是隱忍許久終於找到機會爆發那樣不可收拾，每句話都像是一根根往項豪廷身上戳的尖刺，後者被刺得滿身傷口，試圖辯解卻發現自己除了「擔心」之外並無其他理由可說。

「你可以放過我嗎？算我求你，你離我遠一點，不要再用『擔心我』當藉口捉弄我，沒有你擔心，我也能過得很好。」

「于希顧……我是因為擔心你，我不希望你在這種地方遇到危險。」他虛弱地解釋。

「我不會遇到危險，你遠離我，不要自以為是，我就很安全。」這句話絕對是今晚最讓項豪廷崩潰的冠軍，因為他算是徹頭徹尾地被討厭了。

如今兩人的姿態顛倒，于希顧站著、項豪廷跪地，前者氣得渾身發顫，後者則茫然無措。

「可是我只是想……」

「想我下跪嗎？我需要再下跪一次給你看嗎？這樣你就願意放過我嗎？」

「不需要！」項豪廷猛地抬頭。

于希顧被他銳利的眼神嚇得一顫，但為了以後的生活平穩，他告訴自己不能退縮，於是也勇敢地回看。

「我真的只是擔心你，因為我喜歡你，怕你出事才過來的。很抱歉我衝動打了你老闆，如果你的工作沒了，我會負起責任……」

「不需要。」他的嗓音格外無奈，「請你離我遠一點就好了。」說完，于希顧轉身就走回店裡。

項豪廷獨自跪在黑夜中，四周不斷有人經過並朝他指指點點，他卻沒有馬上起身，而是用充血的雙眸盯著酒吧的方向看。他心裡浮現疑惑的不是「丟臉」或「羞愧」，而是于希顧到底有過多麼痛、多麼難以理解的過去或經驗，才會在這種地方沒有一點猶豫地直接下跪。

明明只是喜歡他、只是想關心照顧他，為什麼總是搞砸？上回也是、這次也是。項豪廷顧不得膝蓋上的傷口有沒有流血，萬分艱難地站起後往回家的方向走，握成拳的掌心被指甲掐得很痛，他卻想著于希顧肯定更痛。

抬頭望天，他覺得茫然無措，一度連回家的方向都辨識不出來，卻不曾想自己的一切舉動其實都被早已處理好肩膀擦傷、悄悄來到窗邊往外看的 John 看在眼裡。

深夜，項詠晴從家中走出，疑惑哥哥為什麼在對街人行道這麼久了都還不肯進屋裡。

項豪廷很煩惱，想破了頭也沒想通，只是于希顧那張哭泣的臉每想起一次就心痛一次，思緒越發混亂，直到一陣熟悉的聲音喚回他。

「你怎麼又在這裡？」

項豪廷沒有回應，只是無奈地嘆口氣後蹲下，心煩意亂的樣子。

項詠晴說他最近都怪怪的，起先不在意，卻看他明顯魂不附體、雙眼無神，就覺得事情好像很嚴重。

妹妹的關懷特別暖，緩緩滲進心底，項豪廷忍不住伸手拉住妹妹的手，極度無助地看著她。

「項詠晴，我真的是個很自以為是的人嗎？」項豪廷苦著臉問。

「你現在才知道喔？」項詠晴以為他又在自尋煩惱或另有所圖，馬上吐槽。

他嘖了一聲鬆開手，妄想在家人身上得到安慰實在太蠢，便無意義地哀號兩聲說：「爸爸每次都拿孺子不可教這句話來罵我，學校老師他們最討厭我不受控制的時候，就連孫博、他都覺得我為所欲為，不會去考慮別人的感受，所以我真的是一個很糟的人嗎？」我是不是糟糕到就算想做些好事也會被曲解成要害人？

最後那句心裡話他沒有說出口，但是表露在外的脆弱與不自信卻相當希罕，項詠晴看出他是真的迷失了，便迅速地搖搖頭。

「其實你也沒有那麼糟糕啦。」她蹲下安慰他，「雖然有的時候很自大，又自以為是。」

項豪廷簡直像是被宣判了死刑，頹然地往身後一靠，情緒不能更消沉。

「不過，你知道嗎，你這個人有個超級超級大的優點，是別人都沒有的喔！就是你啊，真的非常非常善良！」

項豪廷聽見這話卻沒像以往那樣沾沾自喜，甚至連問「有嗎」都心虛極了。如果他真善良，于希顧又怎麼會那麼恨他的所作所為？

「當然有啊！你對朋友那麼講義氣，你看他們都那麼喜歡你，而且你也是一個很疼妹妹的哥哥啊！」她還說在學校都能炫耀自己有一個很寵妹妹的哥哥。

「真的喔？」他露出一絲笑容問。

「真的啊！你還記不記得那一次你只是為了鼓勵我，就考了全校第二名耶！還有在小漁港那次，你被所有人罵，就只是為了保護我而已耶。我覺得……很帥，很英雄啊！」

「真的喔？」見妹妹態度誠懇，項豪廷也慢慢找回一丁點自信，微弱地點著頭。

見哥哥終於恢復精神，項詠晴也安心不少，兩兄妹在夜晚的街道上相視而笑。

「所以啊，你真的已經夠好了！」她一把拉起哥哥後緊緊抱住他，抬起臉時下巴正好抵著他的胸膛，更顯得她嬌小可愛，「只是有的時候需要再細心一點，認真一點，就完美啦！」

「細心，跟、認真……」這兩個詞彙在項豪廷的心上重重打了好幾下。

要怎麼樣才能讓他看見自己的細心跟認真？他不斷反問自己，最後隱隱約約感覺到有個想法在心底慢慢成形，他試圖看清卻徒勞無功，只能安慰至少是個進步，不像剛才那麼茫然了。

他朝項詠晴的額頭上一親，難得感性一回說「妳真的是我的太陽」後就牽著她的手說回家，一掃方才的陰霾，現在的他又是那個活力十足、勇往直前的項豪廷。

⁂

有兩個人待在公園旁的小樓梯上，坐著的那個滿懷心事，躺著的卻是嘴角帶笑。

「說了？」孫博翔問的是項豪廷說想跟李思好分手的事。

「說了！你呢？」項豪廷問的則是告白。

「也說了！」

很多時候哥兒們之間只靠一句話、一個眼神就能解釋一切，兩人像是剛打完一場戰役歸來那般狼狽，心底卻舒爽。

項豪廷喝下一口可爾必思，問：「怎麼樣？」

「被判死刑了。」他裝酷地說。

「放棄了喔？」

「他說我太年輕，我又沒辦法突然長大，還說沒有永遠。我真想知道永遠能去哪裡買。」他揚起一抹苦笑，只覺得殘酷，這年頭性別竟比年齡差距或是誓言永遠要好克服。

項豪廷皺著眉聽，沒有打斷。他聽出孫博翔藏在輕描淡寫背後的掙扎與苦澀，如果不用輕鬆態度是難以面對的。

「我想過死纏爛打，但談戀愛都不行了，死纏爛打他應該會更難受吧。我不要這樣，愛一個人，不是要讓他哭也不是要讓他難過，愛一個人，應該是要讓他快樂。」他認真說完後突然大笑，直說自己是在寫歌。雖然笑聲聽起來開心，但項豪廷明白他有多苦，他是一路看著孫博翔過來的，當然知道他用情多深，此時又有多難受。

也許是剛才跟李思妤提分手很順利的關係，他覺得沒有什麼是不能克服的，大喊一聲「我去！」

「去哪？」

「去幫你。」

孫博翔覺得自己是否少聽了十幾句話，不然怎麼會有被世界拋棄的感覺。

***

店裡這時生意正好，櫃檯大排長龍，盧志剛親切地一一問候接待。項豪廷順勢混入隊伍之中，趁著排隊時候也好好觀察了一下對方，的確是個十足的社會人士，笑容常駐、態度親切。

輪到他時，他往對方眼前一站就是一記深呼吸。

「他很認真。」

盧志剛一愣，毫無頭緒。

「他很純情，而且他是處男。」

「請問你是？」盧志剛仍舊是那個好脾氣的笑，但心底隱隱有答案浮現。

「孫博翔的兄弟！」

賓果。盧志剛想。

孫博翔此時也進到店裡，一臉擔憂，眼神裡全是詢問，因為他壓根兒沒搞懂好友到底想幹什麼。

項豪廷感覺到他的不安，連忙用笑容與眼神安撫讓他別慌。卻沒想到兩個人的默契竟在這種時候下線，想的根本不是同一件事。

「你們要幹麼？」盧志剛問。

「我告訴他，我最近喜歡上一個男生；他告訴我，喜歡一個人要用真心還有誠意來打動。」

「你在講什麼東西啦！」孫博翔覺得丟臉，想阻止他，卻忘了這個朋友一向自我，哪是他能阻止得了的。

「他啊，一定會把所有的一切，還有他的第一次給他最心愛的人，那個人就是你！」孫博翔實在聽不下去了，一把抓住好友警告：「你現在給我閉嘴！」接著跟盧志剛道歉說會馬上把人帶走，可項豪廷說得正起勁，一把推開他又再度滔滔不絕。

「你說輸給安全感，安全感是什麼啦！比愛還重要嗎？你是不是男人啊？你只會拿年紀來壓他是不是啦……」

孫博翔被逼急了，大吼道：「好了啦！到底關你屁事啊！」

盧志剛見情況不太妙，連忙出聲警告他們這裡是公共場合，還鄰近住宅學區，聲音太大或動作太超過都有可能引來熱心民眾幫忙報警，到時候更麻煩。

「你不敢講我幫你講，你的事就是我的事！」項豪廷說起話來鏗鏘有力。

「我跟你講這麼多，不是要你來這邊跟他講！」

「為什麼你為他做了那麼多，就是不想讓他知道啊？」項豪廷不懂為什麼要遮遮掩掩的，他覺得為喜歡的人一心一意付出心意一點也不丟臉。

「有用嗎？有用嗎？」

「我不想再看到你那麼痛苦，那麼難過！」

盧志剛眼看他們越吵越凶，頓時覺得心好累，為什麼這些學生一個比一個不聽人話？他忍無可忍地走出櫃檯對著兩人大吼：「你們夠了！這裡是我上班的地方，你們懂不懂尊重？」

項豪廷聽他這樣吼，還打算跟他硬碰硬槓起來。可盧志剛是大人，從來不怕這種孩子氣的威脅與怒瞪，更明白處理事情得從根本下手，所以他直接脫下圍裙，指著孫博翔說「你跟我出來」就走出店外。

孫博翔簡直快要氣炸，狠狠瞪了好友一眼才跟著走出去。

項豪廷本來也想追出去，至少幫著說點什麼，卻在看見剛走進店裡、順理成章地接下盧志剛圍裙的于希顧之後瞬間放軟。好友的感情難關什麼的，瞬間滑到第二順位去了。

❢ ❢ ❢

盧志剛沉默地帶著孫博翔到店後方的巷子裡。

孫博翔不知道他是不是生氣了，只能低垂著頭等挨罵，像個犯錯的孩子。

盧志剛轉身凝視他，表情瞧不出情緒，嗓音也相當低啞。

「你為什麼想跟我在一起？你談過戀愛嗎？」盧志剛問。

「沒有啊，你是第一個。」

「那你跟我談什麼愛情？你了解我嗎？你知道我喜歡吃什麼嗎？你知道怎麼做，我才可以每天都開心嗎？你知道當我不開心的時候必須第一時間來找我嗎？你什麼都不知道。」

孫博翔垂下眼簾，萬分委屈。這些他的確不是每一樣都能說得清晰，有些甚至是實際交往後才能知道的小細節，可是對方連交往的機會都不給，哪有機會知道。

「我交過三個男朋友，每一個我都全心全意愛他們，但最後我換來什麼？說我給他們太多壓力，沒有自由。不管我做了多少努力，付出多少，他們還是選擇離開我。

對，我自私又自我，所以我現在不想再愛了，你懂了嗎？」

他太痛了，痛得太過，加以每一次療傷都要花上太多時間跟心力，這對他來說太虧。如果每一次戀愛都註定要受傷、痛苦跟失去，那不如一開始就不要有，這是盧志剛在療傷後給自己的答案。

「你講這些是要讓我死心嗎？」孫博翔苦著一張臉，不敢說自己完全懂，但他能感受到對方的害怕，那種怕逼得他不得不武裝起來，拒絕所有愛情。

「那你死心了嗎？」

沒有死心。但不死心，又能怎麼辦？他最不希望看到的就是盧志剛難過、愧疚，所以他才對項豪廷的舉動這麼生氣。這些他一個人承受就夠了，沒必要兩個人一起。

他垂下臉，沉默地朝大馬路走去。

見此情狀，盧志剛是心情複雜的。他以為孫博翔會執拗地與他爭執，拚了命訴說愛，就像前幾次那樣率真又勇往直前。早已被他的熱情鑿出破洞的城牆根本擋不住幾回攻擊，再多加把勁就會倒塌……但孫博翔卻偏偏乾脆地走了。

被氣走了嗎？終於放棄了嗎？不再加把勁嗎？這些複雜的情緒盤旋在腦海，最終衝向鼻尖，他瞬間有點想哭，卻又忍不住笑出來。複雜的情緒就跟那天晚上在店裡看著手機、回想他與孫博翔之間相處回憶的時候一樣，他摸不清楚自己想要什麼，是對方鍥而不捨或是放棄，或者是……

他無奈地撫摸後頸，這個問題到今天也仍然沒有答案。

突然，一陣腳步聲傳來。

盧志剛剛回神，就見孫博翔來到他的面前，那雙自始至終都格外熱情真誠的眼睛盯著他。

「我不知道我懂不懂，也不知道怎麼讓你天天開心，我也不知道你生氣的時候到底該怎麼做，現在的我沒有辦法解決這些問題。但我是孫博翔，我知道我要什麼！我只要你！」只要你開心，只要你幸福，都只要你！

他像是把這四百多天以來的情感統統一口氣說出來那樣，喊到雙頰漲紅，「你不想愛了沒有關係啊，讓我愛你就好！你相信我一次，我會用我所有的一切證明我愛你！」

這種鬆一口氣的感覺是什麼呢？盧志剛答不上來，但他知道自己長吐了口氣。

孫博翔追上來了。

自己的確很自私、太自我，那些傷痛跟難受其實都算是藉口，掩蓋他不想承擔主動選擇後被拋棄的結果，可是……孫博翔是這些年裡第一個，拚了命想進入他心中的人。

說他不心動，真的是謊言。起先是心慌，他以為已經死了的心居然還能為了他人而躁動不安。再來是心亂，他不知道一個這麼年輕、愛玩的孩子會不會像前幾個男友一樣傷他徹底，他可沒有資本再來一回了……

再來，卻是心動。他的確為這個感情的炙熱所情動，但又害怕，幾度掙扎。剛才看孫博翔就這樣走了，他一方面失望、一方面也安慰，至少，這回不會受傷了。

但……他又追上來了。

這回，盧志剛知道自己是再也沒辦法欺騙自己了，他看著對方的眼睛，沒有多說話，只是把孫博翔拉進自己懷裡抱緊，低啞地說了一句「你不能騙我」。畢竟他實在不知道再受傷一次的話……還能不能重新振作。

「不會！」孫博翔開心極了，忙不迭地承諾。

「這是第一次有人這樣跟我說。」盧志剛邊哭邊說。第一次，有人這麼奮不顧身，也是第一次，他覺得自己應該回應，不能像之前都躲進角落裡不看不聽。

兩人都在流淚，嘴角卻勾起一抹幸福的微笑。盧志剛抓著對方的手帶他緩步而走，覺得似乎抓住了遲來好久的幸福，同時說服自己不要去想這一切真不真實，會不會後悔，而是想著——應該怎麼回饋同等的幸福與感情給對方。

盧志剛想的是必須再對愛情勇敢一次。

＊　＊　＊

項豪廷跟于希顧一前一後地走在路上，兩人都沒有開口說話，氣氛特別沉悶。兩人都沒有忘記那一天發生的事情，項豪廷自知自己衝動理虧所以沉默，于希顧的沉默卻是因為John說過的話。

那晚他回到店裡後馬上跟老闆道歉，老闆叫他別在意，還揶揄他是不是瞞著男朋友打工被抓包才鬧得這麼大。于希顧連忙反駁，說只是同校。

John說看起來不像，于希顧只好把項豪廷找他麻煩的經過一五一十說出來，John邊聽邊笑，直說「你們這群學生真是年輕，好讓人懷念」。

「我猜你可能聽不進去，但是我不認為真心想找你麻煩的人會急到當場跟你下跪的程度。」他摸著因為被揍得往後退以致擦撞地板的肩膀，見于希顧還是一臉愧疚，便說：「這樣吧，就當這個的賠罪，如果下回你有機會跟他面對面的話，試著注視他的眼睛。」

于希顧不懂，便問為什麼要這樣？John則回答說如果一個人心懷不軌、動機不純，眼神會是最好的判斷依據。

他說其實方法還有很多種，但這個最簡單，所以讓于希顧先試試看這個由人生前輩試過成功率不低的方式。見于希顧皺著眉猶豫的樣子，John 也不勉強，因為他隔著距離也能看出那名來找碴的男生對于希顧有多重視，甚至不惜跟著下跪、抓緊他的肩膀想讓他起來，甚至在他回店裡後還盯著這裡不放，良久後才拖著腳步離開。如果是純粹找麻煩的話犧牲未免太大，再加上他的眼神……

John 對於那樣的眼神並不陌生，在距離他非常非常遙遠的學生時代也曾經有個感情豐沛卻拙於表達的朋友，總是用這種眼神看著喜歡的人。

「試試看吧，有機會的話。」John 露出緬懷的表情說。

情緒退去後剩下的是理智。于希顧和項豪近兩人都明白那時候是太衝動才會做出下跪跟揍人的事，可再提起也實在尷尬，於是沉默無語，就這樣走到于希顧家。

「我家到了。」他啞著嗓子說。

「喔！」

于希顧轉身就要走，一路上的氣氛太過壓抑，連他都受不了，不知道是繼續保持沉默為上，還是主動開口說話較好……雖然他也不知道能說些什麼。

難得一次沒有手握主動權的一方見他要走了，心底幾經掙扎，最後還是小跑步追上。

不管怎麼樣總是得解釋清楚，于希顧聽不聽、原不原諒，就不在項豪廷的考慮範圍內。他能做的就是認真表達誠意，還得是全心全意。

「我可以去你家嗎？我有話要跟你說。」

于希顧正想拒絕，此時此刻的項豪廷卻給他一種不一樣的感覺。先前 John 說的「看人要看眼睛」閃過腦海，他下意識往對方眼中瞧，除了自己之外，還有一些以前很少看到的認真。

他分不清楚是自己腦袋發昏，還是 John 的話太有說服力，他陷入是否要答應的猶豫中。

不答應的話，就太辜負 John 的苦心；但答應的話，會不會又把自己的生活弄得一團亂？他久久沒有回答，原本以為項豪廷會因此而更執拗地要求甚至纏上來，誰知項豪廷只是沉默地等待，並沒有更多動作。那種強忍不安與有話想說的表情……跟那個晚上半跪在自己面前的時候一模一樣。

幾經猶豫，于希顧還是答應聽聽看他要說什麼。

一進入室內，項豪廷就對這個環境很好奇般四處張望，露出一臉驚訝，因為他過得實在太不像高中生了。乾淨簡潔的室內突顯于希顧沒有慾望、沒有喜好、沒有憧憬的生活態度，彷彿他只是「在」這裡，而不是「生活在」這裡。

他真的過得很節省……項豪廷終於明白為什麼他這麼努力拚滿分、拚獎學金、拚打工，並且會這麼生氣自己去他打工地方添亂了，因為他真的需要錢。

「那個……你要跟我說什麼？」于希顧問。

項豪廷一邊默念「認真」，一邊看著他開始說話。

「我要跟你解釋清楚。我一直想要找機會跟你道歉，我真的沒有在整你。破壞你的考試之後，我很後悔很自責，所以我才跟著你，我想要好好跟你說對不起，而且我跟李思好分手了。」

于希顧皺起眉頭，明顯是不信這種解釋。

項豪廷深吸口氣，心想也難怪他不信。因為自己之前的所作所為真的太過分了，但他還是決定要把想說的一口氣說完，重要的是真心，要認真。

「酒吧那件事，我真的不是故意要搞砸你的工作，是因為那個是……」因為太擔心他在那種地方打工會染上不好的習慣，或是被其他怪異的客人盯上，時間又那麼晚，獨自走夜路很危險……這些，他統統都在那一晚說過了，如今只是重複陳述。

于希顧說他只是去打工，可是話沒說完就又被打斷了。

「我真的很喜歡你！」

他鼓起勇氣靠近于希顧並緩緩彎下上身，像是情到深處想親吻他。兩人都能在彼此的眼中看見自己的倒影——然後，那個吻成真了。

項豪廷鼓起勇氣，吻了他。

沒有侵略，也不是情人間甜膩的吻，那個吻更像是一個表態。于希顧一下子愣住了，忘記逃開。

見對方沒有反抗，項豪廷鬆了口氣後緩緩退開。于希顧這時才像清醒過來那樣瞪大雙眼，殘留在唇上的溫度很暖，香氣很淡，只是……

「我沒有……喜歡男生……」

「我也沒有喜歡過男生。」項豪廷有些苦惱地說，「但我很確定我喜歡你，我是認真的，希望你相信我。」

能相信他嗎？于希顧沒有把握馬上說能或不能，他仍然害怕項豪廷是在整他。一朝被蛇咬都能怕十年草繩，更何況是兩度被整。

項豪廷看他表情複雜，便說了「明天學校見」就離開了，一來到于希顧家門外卻只不住笑，情緒激昂。他自覺跟于希顧的距離拉近好多，也把心聲都勇敢說出來，要來之前給自己的期許他都一一做到了。

雖然他不知道于希顧的反應會是什麼，會不會因為前面發生過的種種而拒絕他，但他有耐心，也有決心要表現出誠意來，讓于希顧相信他喜歡的心意是真的。

第五章

李思妤哭得梨花帶淚，桌上擺滿了好吃的蛋糕跟飲料，都是為了她而點的，失戀的人最大！

被項豪廷單方面分手，她為此大受打擊，馬上抓了好友出來哭訴，劉美芳跟張庭安都陪著她一起罵項豪廷是渣男，一定要給他一個教訓才行。李思妤發洩完後心情輕鬆不少，又起一塊蛋糕送進口中，才覺得心情舒坦了些。

⁂

下定決心要好好追求于希顧後，項豪廷的改變相當劇烈。比如他仍然會替于希顧買早餐，但不會強逼著對方一定要接受要吃掉，而是悄悄放在桌上。

一早看到桌上有餐點，于希顧不禁皺眉，想叫項豪廷不要多此一舉造成困擾，卻突然想起他的威脅。

——「你不吃，我就對你不客氣喔！」

——「當然就是親你囉！」

昨晚那個吻還歷歷在目，脣上甚至留著溫度。

他大可直接把這份早餐退還給項豪廷，可不知道是內心的哪個深處發生了化學變化，他可以感受到自己在掙扎。「退還」跟「不要」兩種聲音在拔河，分不出勝負。

到底怎麼回事？以前不是都能乾脆地回拒嗎？怎麼現在反而……他的困惑一路持續到中午項豪廷來邀請他一起吃中餐，還拉著他到教室外面找了個清靜的地方才把便當給他。

「你如果不喜歡，可以直接說沒關係。」項豪廷說。

「嗯，不喜歡。」于希顧說完就要走。

沒料到會有這招，項豪廷連忙伸手抓住不讓他走。

「欸——不吃沒關係啦。可是我告訴你，我不是在賠罪囉，我是在追你，我喜歡你。」

「放開我啦！」

「我喜歡你，我不想要你餓肚子嘛，我會覺得心疼，會覺得難受。」

「謝謝，不用了！」

于希顧見自己連續幾次拒絕，項豪廷都沒有因此而生氣，膽子也慢慢變大，甚至敢伸手把對方推開。兩人像跳著探戈，上半曲是項豪廷進逼，下半曲就輪到于希顧領舞。

「拜託嘛……欸，我們是考生耶，再幾個月就要考試就要戰鬥了！你如果不好好吃飯、好好照顧自己的話，到時候考試之前就倒下來怎麼辦？」

于希顧聽他說得誠懇，也想到自己的胃一向都不好，常常抽痛，得去保健室躺著才能舒服，但這樣一來就難免犧牲掉吃飯時間，是個惡性循環……他不禁皺眉思考。

「而且，你半夜都要出去打工耶！」說完便直接把便當遞過去，有點撒嬌地讓他快吃。

這句關懷是其中最具有溫度的，且訊息量龐大。

于希顧聽得出來這其實是一句道歉，對於那天壞了他的打工、揍了他的老闆的道歉。而且因為情緒已經過了，相較於衝動下跪解釋，這句話反而更讓人能平靜接受。即使明白項豪廷並沒有資格對這份工作置喙，但此時在心底擴散的是什麼呢？他心裡清楚這與情愛無關，卻與舒適有關。

這是第一次，他在項豪廷身上感受到舒適。

他盯著滷雞腿便當，久久無語。這個樣子看在對方眼裡成了動搖，項豪廷馬上露出委屈誠懇的樣子盯著看。

于希顧猶豫很久，才吶吶地開口：「我不喜歡占人便宜，我也不想要被可憐。」

「我沒有可憐你啊。我喜歡你，我是在討好你，只要你開心，我就會很開心啊！」

大聲宣告歡迎來占便宜的人臉上笑容實在刺眼，被宣告的一方竟下意識聯想到前陣子他輕浮靠近自己的時候。本能抗拒，卻不知道該怎麼說清楚自己其實更喜歡他嚴肅認真的時候，一急就口拙。

「那我不想讓你開心。」話一出，他便知道不妙。

「啊？」

項豪廷先是一愣，接著迅速收斂起笑容變得嚴肅，于希顧馬上後悔，就怕自己那句話讓他不高興，他的原意其實是「你這麼開心會讓我想到不好的事情」啊……

但誰知道，項豪廷下一步就開始發出像狗鬧脾氣時候一樣的低吼，還對著他拚命「哼哼哼」，說有多幼稚就有多幼稚。

「你在幹麼？」

「這樣可以嗎？我沒有在開心了，吃！」

「噗……」

他的表情實在太僵硬，又想用懇求的語氣說話，各種要素搭配起來湊成了個「怪異」的評價，于希顧瞬間心情一鬆，差點笑出聲來。只是長久以來的防備心沒那麼容易卸下，他垂下臉，想笑又不笑的樣子跟平常判若兩人，項豪廷看著簡直是一個爽啊。

「你笑了？耶！你笑了！」

看著被硬塞的便當，于希顧這下子卻是明顯感覺到心底的那股暖流正緩緩擴散到四肢。雖然他還是不知道項豪廷有幾分認真，是不是又要捉弄他，但這樣的項豪廷，他沒有那麼排斥。

猶豫半晌，他低聲說：「你抓著我，我要怎麼吃？」

「那我放開手之後，你不能逃走喔。」項豪廷說完後慢慢放開。

沒辦法，現在他是先愛上的那一方。就像孫博翔說的一樣，對方開心最要緊，為此他可以退後無限多步。

于希顧先是笑了幾聲，然後專心低頭吃便當，並沒有太理會對方。

項豪廷察覺這是個機會，便趁機悄悄觀察，發現他似乎特別喜歡番茄料理，不禁竊喜又多知道一件有關他的喜好了。

夜晚，于希顧照著平常的習慣留在教室裡複習，今天卻無法集中精神，不時低頭看錶，還覺得今天的教室異常安靜。他以為項豪廷會像昨天、前天跟大前天那樣纏著要陪自己複習的。

起先他是排斥的。獨行慣了，突然有個人在身邊晃來晃去，就像貓穿上鞋子，連路都走不好。

但項豪廷的陪伴會讓人在不知不覺中習慣。

于希顧發現自己今天心不在焉，其中一個原因是項豪廷，另一個原因自然就是放學前夏得對自己說的那一番話。

——「他不是壞人，只是……脾氣比較硬，比較固執己見，我想他之前給你便當應該就是一種道歉，因為期中考那一次，其實他後悔了。」

——「……他之前好像有跟蹤你，其實是想跟你道歉。只是他這個人幾乎沒跟人道過歉，所以一定很不熟怎麼做。」

夏得的人品是值得信任的，也只有夏得沒加入作弄自己的行列，所以于希顧相信他。

原先他還半信半疑，因為項豪廷前科太多。可當他細細回想，卻發現除了期中考那回他是蓄意的之外……之後的幾次，似乎都沒有那麼囂張地承認過就是他幹的。

期中考那時，他擋在門外，高調地報上了名字。

可在酒吧那時……似乎狀況完全不一樣，他是認真地想要把自己帶走，遠離他口中的「那個地方」。是之前的印象讓他先入為主，以為項豪廷又在整他才下跪，畢竟他再也禁不起任何一點打擊。他沒料到的是項豪廷接著也跪在自己面前拚命解釋，當下雖然無感，現在回想起來卻覺得……那並不像是假的。

他下意識地摸上自己的嘴唇。

說喜歡、還叫自己早點喜歡上他，這件事也是真的嗎？

于希顧的胡思亂想讓他再也看不進書裡的重點，只得收拾書包離開。至於那個始終找不到答案的疑問，仍然無解。

背著書包走出校舍，他發現有個人影出現在校體育館大門旁，就是一直都沒出現的項豪廷，走近一看卻發現有點不同。

平常的他很有活力，于希顧一方面覺得他煩，卻也羨慕他自由自在、無拘無束；可今晚卻顯得有點消沉，雙眼沒有神采，像一潭深水，毫無生氣。

「你怎麼了？心情不好？」于希顧問。

項豪廷也不隱瞞，直接點頭，隨後像是怕他擔心一樣咧開嘴笑說：「不過沒事啦，我看到你就開心啦！」

「不用勉強自己啦，不開心就不開心啊，大家都有不開心的時候嘛。」

看著項豪廷那張委屈又煩惱的臉，于希顧心中僅存的一點點懷疑算是煙消雲散了。項豪廷的確不是那種有事卻硬說沒事的人，這也意味著他不撒謊，後悔、喜歡、想彌補跟只有期中考是真的要整他，都是真的。

但，他真的不喜歡看到項豪廷被低氣壓所籠罩，不僅讓人不安，也特別不像他。他就該奔馳在場上，衝鋒陷陣，鼓舞士氣，勇往直前，那樣的項豪廷才是于希顧最熟悉也最嚮往的。

他下意識又盯著項豪廷的雙眼看。他看見了堅定、誠懇，還有溫暖，比那一晚在自己家樓下看到的更為強烈。

「你……要不要聽笑話？」

「啊？」項豪廷瞪著雙眼看他。

「我不知道你會不會覺得好笑啦，但我自己覺得滿好笑的……」于希顧像是想起那個笑話的笑點，自顧自地笑了起來。笑是會傳染的，項豪廷也跟著邊笑邊抖肩點頭，看上去像是同意。

「要聽嗎？」他張大眼睛問。

「你在逗我開心喔？厲害！你成功了！」

這下輪到于希顧吃驚了。

「可……可是我還沒講……」

「那你知道怎麼做我會更開心嗎？」他毫不掩飾喜悅，因為這可是于希顧第一次主動關心他。那個不知道好不好笑的笑話再也不重要，現在的項豪廷是真的開心。一掃剛才盧志剛那番拒絕甚至接近於教訓他的警告，要他這種玩咖離于希顧越遠越好——

「他沒有空跟你玩你追我跑的遊戲。他功課好，還有夢想與目標，你的介入，只會毀了他。」

項豪廷可不服氣，就要證明自己只會跟于希顧一起變好。

「說你喜歡我。」

心情轉好，他又恢復平常本色，加以覺得兩人間的關係有了大躍進，說話也開始口無遮攔起來。于希顧聽了皺眉，沒有回應。

「我親一個。」

他仍是皺眉。

「不然親我一個。」

算他白關心了！于希顧扭頭轉身就要離開。

項豪廷連忙跟上，一臉委屈地說：「今天不開心的人是我耶！」

「那你要聽剛剛的笑話嗎？」

他好堅持要講笑話喔……秉持著喜歡就是一切的至高原則，項豪廷邊點頭邊跟上于希顧，兩人就這樣講著其實很冷的笑話慢慢走回家。

⁝ ⁝ ⁝

相較於項豪廷快樂得要飛上天，孫博翔可就情緒低落了。

他一個人坐在「少小白」外的拍照熱點——網紅盪鞦韆上悶悶不樂，不像以往會賴在店裡跟盧志剛聊天。

明顯感覺到戀人正在鬧脾氣，盧志剛只好趁著客人少，出來安撫他。

「這麼晚不回家，還在生我的氣啊？」他笑得寵溺，語氣也縱容，見孫博翔挑眉瞪他更是沒脾氣，一旦牽扯到愛情，什麼都能是甜的。

「我知道他是你最好的兄弟，讓你難過我也很抱歉，可是我不能幫他。」

盧志剛一直都覺得若不是項豪廷意氣用事，于希顧又怎麼會一直受打擾，還得拜託他介紹時薪高的工作？人心是偏的，于希顧又乖巧懂事，自然更向著他一點。

誰料他的話反而讓孫博翔更生氣。

只見他猛地站起質問：「你就這麼喜歡他嗎？」

「啊？」喜歡誰？

孫博翔以為他在裝傻唬弄自己，登時更氣，大聲又問：「我說！你就這麼喜歡他嗎？摸他頭、給他工作，現在又不准項豪廷追他……」

盧志剛終於在這串抱怨中找到關鍵字，不禁啼笑皆非。

「你說那個『他』是小顧？」

「不然咧？我今天才知道原來你認識他比認識我還久！可是你明明已經答應要跟我在一起了耶，你就應該要忘記他，然後把他從你心裡丟出去啊！」孫博翔知道自己吃醋得特別沒道理，但他就是忍不住。

「我跟他年紀差那麼多，我把他當弟弟！」盧志剛也明白這是需要人哄了，倒也不覺得他的發言有多不適當。

「我跟他同年耶。」年齡才不能當成藉口！

「我對他的喜歡跟你的喜歡是不一樣的。」

孫博翔直接扭頭，用行動表達他不想聽，任性幼稚的行徑看在對方眼裡卻特別可愛，只好用雙手捧著他的臉，並在額上落下一吻。有點孩子氣、稍嫌不夠熱情，但已經是盧志剛在外頭最大膽的表現了。

心意透過短暫的肌膚相觸傳遞過來，對鬧脾氣的一方來說很足夠了，他也不是真的要對方切斷所有朋友同事的聯繫，只是想看見自己在對方心中永遠擺第一的證明而已。

「你在外面親我喔？」他嘿嘿笑著，像個孩子，「那我還要一個。」

盧志剛有求必應，先四下張望後才如他所願地往他臉頰上親，這下可把戀人哄得恰到好處。額頭臉頰都有了，自然得在脣上補一個，先前不肯在公開場合親暱的顧慮也統統都拋諸腦後，現在沒有什麼比情人更要緊。

「好了，快回家。」年長的一方一邊磨蹭對方的嘴脣一邊哄他。時間真的晚了，隔天還要上學，學生需要充分的睡眠才能應付課業，上述幾點都是盧志剛堅持他不能陪自己關店的理由。

只見年輕的戀人轉轉眼珠子，露出狡詐的笑容對著他，接著就把自己的頭往對方的胸膛上蹭，說了句「到家了」。聽在耳裡格外溫暖甜蜜，甜得牙齦發酸卻甘之如飴。

❣ ❣ ❣

深夜，于希顧悄悄走上屋頂，抬頭仰望滿天星空。

有時候他書讀累了，有心事，或是想一個人跟大自然相處的時候就會來這裡。

他的爸爸媽媽都在天上，姑姑也告訴他想父母的時候就看星星，漸漸就養成了這個習慣。

今天的風有點強，他穿著一件海軍綠的外套，心情跟前陣子相比大為放鬆，嘴角還帶著微笑。

「最近……真的發生很多不真實的事耶，不過是好的、幸運的那種。」

跟之前相比，最近的事情的確都是好的。

他已經知道項豪廷的本質了，就是個橫衝直撞、有話直說的人，不存在那些彎彎繞繞的小心思。雖然純真往往意味著不夠社會化，容易被情緒左右，于希顧曾深受其害。

對於現在關係的變化，他很驚訝。原本以為兩人不會再有交集，項豪廷會一直是那個奔馳在操場、自由自在的男生，而自己則是為了獎學金拚命學習的書呆子；誰知道現在則是項豪廷一直來找自己，管吃管生活管健康，還每天堅持要送自己回家，像真的在追女孩子那樣細心殷勤。

他突然想起今天項豪廷一路聽著他的冷笑話，一邊笑得前俯後仰的樣子，笑容越發燦爛。關於喜歡與否，他目前還沒有答案，但他已經不會再猜項豪廷是不是又想了什麼方法要整他了。

···

下課時間，項豪廷姿勢豪邁地跨坐在桌子上專心看手機，表情千變萬化，還不時把手機螢幕貼在胸口上發出怪異的嚎叫。

手機裡的是于希顧各種照片，是他向號稱于希顧後援會第一迷妹的劉美芳利誘、懇求後獲得的。

他的詭異情況讓孫博翔看了是相當無奈，從來沒想過他這次談戀愛會是這副樣子。以前是智商開根號，現在的他是直接加負號，厲害厲害！

秉持著好東西要跟好朋友分享的精神，他馬上拿出手機把項豪廷發瘋哀號、渾身扭動的滑稽樣子錄下來，之後才猛地一踢桌角把他喚醒。

「說好的道歉飲料！」孫博翔把手裡的袋子遞出去，滿袋都是飲料，「替志剛哥跟你道歉囉。」

「喔，我收囉。」

這種裝模作樣的說話方式實在不屬於他們，裝一下就要破功。先是孫博翔受不了似地咧嘴大笑，接著項豪廷也笑著說「沒事啦」，前幾天盧志剛嚴厲拒絕甚至教訓項豪廷的事情就算過去了。

「欸，對了，那你也幫我跟你的志剛哥說對不起，我太衝動了，對他很兇，對不起！」

孫博翔感到意外，因為他從頭到尾都沒想過要項豪廷道歉，看來戀愛果然會讓人改變。

「啊，還有喔，我之後還要請教他很多關於——」他秀出手機裡的照片給孫博翔看，整個人開心得像要飛上天似的，「他，的問題喔！」

「吼！真受不了你耶！所以你剛剛在那邊嗯嗯哈哈的就是因為這個？」聽到那句理所當然的「對啊」，孫博翔簡直敗給他了。

眼看好友再度投進那個四四方方的小格子世界中陶醉不已，雖然可以理解這種看著喜歡的人而開心幸福樣子很正常，但該提醒的還是得說，不然哪叫朋友。

「你也要為他想一想，人家是優良學生耶，如果因為你被講閒話、被記警告，怎麼辦？」

「我沒有想過這個問題耶……」項豪廷還算自知自己在老師眼中絕對不是好學生，之前又拚命找于希顧麻煩，現在全校看到他倆靠近一點就會開始竊竊私語。要是因為自己看他的照片傻笑而被誤會又有其他意圖，然後傳到當事人耳裡的話……

「不、不、不看了不看了！」他一邊哀號著一邊把手機塞進口袋。

孫博翔露出讚賞的微笑，卻看項豪廷又掏出手機嚷著「再看一下就好」，氣得直接伸手打他。不料他還裝模作樣得上演手拔不出來的戲碼，兩人默契豈止一點兩點好，直接上演了一場「打你小手說壞壞」這種沒營養沒腦袋的戲碼。

他們兩人玩得正嗨，卻見高群從外面衝進來大喊「出事了啦！于希顧他、被抓去訓導處了！」

「為什麼？」項豪廷立刻問。

「有人舉報他去 Gay Bar！」

項豪廷一聽簡直雙眼都快發紅，馬上就要衝去訓導處，剛好讓晚了幾步的夏恩夏得雙雙攔截。

「阿豪，不要過去啊！」夏恩急得大吼。

「你們幹麼？」

項豪廷急著把人推開往外跑，不料孫博翔和高群也跟著加入，現場一團混亂。

「幹麼攔著他啦！」孫博翔怒瞪著夏氏兄弟問。

「于希顧照片上有你的簽名！」夏得吼道。

照片？簽名？

兩個關鍵字同時出現，項豪廷完全摸不著頭緒。

「告訴教官，你是不是真的有進出這個地方？有就有、沒有就沒有，把話說清楚嘛！」教官的耐心都快要消耗光了。

「你有什麼要跟教官說的，就趁現在說一說，不然，可能會受到學校的懲處喔！」

兩人會這麼頭痛是有原因的。不管他們怎麼詢問，軟硬兼施，于希顧就是不肯開口，他們就算想幫也沒有切入點，束手無策。

于希顧實在是有苦難言，很想說自己去那個地方只是為了打工賺學費，但是學校禁止打工，說與不說都會面臨校規懲處，差別只在於哪個更嚴重。

「報告。」

教官跟老師同時回頭，見是項豪廷都有些驚訝，一個問「你怎麼來了」，另一個說「還沒輪到你」，可項豪廷從頭到尾都不曾關注他們，他只在意于希顧有沒有被刁難，是不是已經到了無法挽回的地步。

他看著縮起肩膀、狀態拘謹的于希顧，臉色還是憔悴，卻不見激動的情緒或徵兆，便判斷應該還在了解狀況的階段，加以照片如果真的有他的名字，那自己還沒被叫來前，于希顧都是安全的。

于希顧就沒這麼樂觀了。

他一看見項豪廷衝進來就渾身緊繃，因為全校只有項豪廷知道他確實有進出那間酒吧。

他盯著項豪廷，幾秒後又扭回來盯著桌面，心底暗暗祈禱他不是來讓事態變得更糟的。萬一他一時衝動要證明自己不是去喝酒找樂子，而是去打工……說實話，他真不知道哪種發展更好一點。

「你既然來了，教官問你，這照片你拍的？」

「于希顧真的有進去這裡嗎？」

項豪廷慶幸自己趕來了，教官跟老師的個性他懂，肯定是車輪戰一樣拷問他，于希顧的臉皮又不夠厚，遲早會被逼出實話來。

「怎麼連你也不說話？」教官皺著眉罵，還用力點了下桌子，「這張照片不是你簽的名，丟在教官室信箱的嗎？」

項豪廷拿起那張照片，先是盯著正面好一會兒才翻過背面讀字。

有些事不說，沒人會知道。項豪廷。

還真像自己的字……項豪廷皺起眉頭，知道這是蓄意栽贓，連簽名都學得這麼像。

項豪廷一向腦筋動得快，此時他已經知道不管怎麼交代都難逃處分，他一邊用「既然是我簽的名，那就是我做的」拖延時間，並用眼神安撫于希顧，可惜後者實在太過緊張，始終沒把眼神拋向他。

「他到底有沒有進入那個酒吧？」教官等急了，語氣急促地問。

快想啊，腦袋，快想……項豪廷表面冷靜，實際上腦袋正快速運轉著。有什麼方式能幫他脫險？最好是不會被追問去這裡幹麼、還能把矛頭轉向其他地方的……啊！有了！

「他沒有去過那個地方。」項豪廷篤定地說。

「什麼意思？」女老師挑眉。

「說清楚。」教官說。

項豪廷拿出手機在螢幕上滑動操作，接著放大一張照片往桌上一擺，「這張照片，是我合成的。」他把兩者擺在一起，明顯可以看出人物的部分完全一致。

「項豪廷你！」教官震怒搥桌！

「你到底在幹麼啊……真的是很受不了你耶。」女老師無奈嘆氣，但不難看出他們都鬆了一口氣，並且也把矛頭徹底從于希顧身上移開了。

「通知家長，我要見他家長！」

項豪廷得意地笑著，對於要被約談見家長或是可能會有的處分絲毫不在意，因為接下來會是他的主場，于希顧就等著領便當在場外邊吃邊看戲就好。

他成功守護住了喜歡的人。此刻的項豪廷特別自豪。

第六章

走廊上，項豪廷的兄弟們個個坐立不安。

他們沒擋住項豪廷，眼睜睜看著他衝進教官室到現在還沒出來，也不知道後續的狀況，實在難熬。

這時，夏得發現于希顧正朝他們走來，大喊一聲就往前衝，其他人跟著迎上，七嘴八舌地問「事情怎麼樣了」、「澄清了嗎」，還頻頻往後張望，卻沒見到項豪廷跟著一起出來。

「快說啊！」夏恩緊張得很，「阿豪不是去訓導處，說不是他幹的了！」

「他還說要替你作證你沒去 Gay Bar 啊！」高群附和道。

「他說照片是合成的。」于希顧自己都還一團混亂，也看不懂項豪廷的操作，只能一五一十地把剛剛聽到的都說出來。

「他怎麼知道照片是合成的？」夏得問。

「他的手機裡面有一張一模一樣的照片。」于希顧回答。

「不可能！」高群馬上否認，夏恩則在旁邊搖頭，覺得這一切都太魔幻了。

「欸，等一下，如果說照片是合成的，那就代表整件事情都是假的囉？」

孫博翔比較樂天，此言一出馬上獲得大家的認可與附和，夏恩又急著追問項豪廷怎麼沒跟著出來，這時大家才發現于希顧的表情仍舊十分嚴肅，看起來跟大家心想的「沒事」相距甚遠。

「他說是他合成的……」于希顧覺得這件事有點奇怪，如果真的是他幹的，為什麼要簽名、又來自首認罪呢？這明顯是自相矛盾的。

在數人的哀求下，于希顧只得把事情從頭到尾都說一次，也當是梳理一團混亂的思緒。

❢ ❢ ❢

「年紀輕輕不學好，合成照片幹什麼！」項父一個生氣就往兒子的後腦勺上打。項母在一旁拚命安撫，說有事情回去再討論，公共場合教訓兒子始終不好看。

回過身，項母不斷跟教官表達道歉與感謝，項豪廷見狀更是露出欠揍的表情，目的在於讓大人們氣到沒邏輯，並且把炮火統統往自己身上扔。

「再問一次，照片哪裡來的？」教官問。

「我不是說是五班的劉美芳給我的嗎？」他盡可能表現出不耐煩的態度說，「你不相信可以自己去問她。」

「你什麼態度啊！」項父朝他大吼，「好好跟教官講話！」

眼看事情都朝自己所想的方向走，項豪廷演戲演得更起勁了，立刻換上一副義憤填膺的神情為兄弟打抱不平：「我不爽他！他害孫博他們被罰打掃耶！我當然要報仇吧！」

「你既然要陷害他，那為什麼現在要承認照片是你合成的？」教官百思不解。

此話一出，現場三人都盯著他看。

「因為……」項豪廷突然怨恨起那個假冒自己簽名的凶手，這下子不好圓謊！幸好，他此時的神經是緊繃的，所以腦袋也動得飛快，馬上指著項父栽贓給他：「我爸教我的啊！我爸說，男子漢一人做事一人當，對吧！我今天簽了名我當然要承認啊！」

「你……」項父氣得想二度動手。

教官警告項豪廷要想清楚，如果他承認的話，學校一定會嚴重懲處。

「就是因為他太自以為是，所以我要教訓他！就這樣！」

見勸說無效，教官也只能告知簡單程序。學校會開會討論該怎麼懲罰項豪廷，到時候一定會把結果告訴家長，項父雖氣，卻仍禮貌地向教官賠罪道歉。

「教官，不好意思啊……可是，我們項豪廷他現在已經高三了，也希望能夠順利畢業、繼續升學嘛……所以請教官多多幫忙……」

教官很懂為人母的心情，卻也無可奈何。

隨後，他們陪著項豪廷一起到班上整理書包後就先回家了。孫博翔、夏恩跟高群格外擔心，但礙於是上課時間，只能目送好友跟著爸媽離開，之後他們也輾轉得知了學校的處分，一個大過，外加在家反省五天，夏恩直罵懲罰太重、太過分。

❣ ❣ ❣

于希顧順著門牌號碼一間間找，終於找到項豪廷家，卻站在門外猶豫許久都沒敢敲門。

事情發生後他想了很多，最後的結果是他覺得項豪廷要陷害人也不會這麼蠢留把柄，但處分已下，項豪廷被禁足，他也找不到人問，想了很久才鼓起勇氣找孫博翔要地址，但到門前卻莫名膽怯，不知道真的見到人了能說些什麼。

還是回去算了？也不好……他知道依自己的個性是不會有下次的。

他站在門前猶豫再三，時間一分一秒流逝卻仍然想不到任何適當的臺詞，勇氣也在這之中慢慢消失，當他正想轉身離開時，一抹蹦蹦跳跳的人影突然閃進視線角落。

他一扭頭，就見到項豪廷站在他的面前。

⁂

于希顧進到項豪廷的房間，第一個感想是房間跟本人一樣，好聽點是不拘小節，難聽的……就是亂。

「你怎麼會知道我家在這裡？」項豪廷邊收拾散落一地的衣服邊問，表情格外興奮。

「我跟孫博翔要的。」于希顧一雙眼睛直盯著他，「因為有話想要跟你說。」

他的態度跟平常差太多，反而讓項豪廷覺得緊張。他下意識笑著別開視線問：「答應要跟我在一起喔？」藏在背後的不安任誰都能感受得到。

「不是。」他笑著否認，「我是要說，我知道不是你做的。」

「你怎麼知道不是我做的？」

他有點遲疑，過了一會兒後才說：「你不是那種人。」他知道項豪廷絕對不齒做一個告密陷害的人，光是他誤會自己告密害孫博翔他們掃落葉來找麻煩，就知道他對於告密陷害極度不齒，更不可能做，加上……于希顧知道，他絕對不會陷害自己，有什麼理由會讓他想陷害……喜歡的人？雖然這個想法浮現的時候他覺得有點羞恥，卻是鐵一般的事實。

聽到他篤定的答案，項豪廷深吸一口氣，表面上看起來沒什麼情緒波動，實際上內心早已狂喜亂舞。學校的處罰、父母的責備，統統都在于希顧的一句話裡變得渺小，甚至可以說——有這一句話，足矣。

「這麼了解我喔？」他滿臉都是藏不住的開心。

會是這些日子以來的追求跟表白終於開花結果了嗎？項豪廷忍不住猜測。

「不管你相不相信，我都知道不是你做的，一定是因為期中考那件事，他們以為你很討厭我，才會用那種手段……」不得不承認，當初看到那張照片的時候于希顧也看不出任何合成的痕跡，以為是真的被拍到了，「你明明可以不用來的，可是……」

「可是我來了啊，而且我說是我做的。」他嘿嘿笑了兩聲，接著開始慢慢逼近于希顧。

他覺得于希顧的情緒在這種時候終於不再隱藏了，但他想看到更多，不是平常那種矜持或包裝過的，而是更真實、更直接的情緒。

「我說照片是我合成的，其實你從來沒有去過酒吧，然後被記大過被關在家裡——」

砰！

于希顧被他一步步靠近逼得後退到無路可退，只好坐在床鋪邊由下而上地看他，氣氛頓時有些曖昧。

「我知道你心裡一定了解……」

他困窘地低下臉，項豪廷卻不讓他逃開，先是用手勾著他的下巴，接著自己慢慢彎腰緩緩靠近，直到兩人之間的距離近到能接吻。

「我喜歡你。」

于希顧是明白這一點的，但面對這麼直球又侵略性的告白，他不知道該怎麼回應，只能別開視線，茫然失措。

他的手足無措全被對方看進眼裡。

這不是拒絕，絕對不是。項豪廷看過的人太多，交過的對象也不少，就算光靠野性判斷，也能感受到此時此刻的于希顧並沒有拒絕他，登時膽子大了，直接一句「我相信你了解我」就直接把人往床上壓，嘴裡喃喃說著：「我知道……你早就喜歡上我了。」

「我沒有！」他突然用力推開項豪廷。

「沒有？」項豪廷一副「我有證據」的表情，還馬上掏出手機把照片挑出來，獻寶似地叫他看，「這張！你的視線明明就在我身上！」

照片裡的主角乍看之下在眺望遠方，但項豪廷得意地說他還有用紅色圈起來，視線投射之處的確就是項豪廷，這種小細節除非盯著照片看很久或很多次，不然是看不出來的。

于希顧盯著照片若有所思，看在對方眼中卻像是被說中而有的心虛沉默，得意得很。

「對，我確實有看你。」他露出微笑說。

「承認了喔？還說沒有喜歡我？」

「不是喜歡，是因為好奇。」

項豪廷聽了皺眉，沒想過會是這個答案。

「就……你知道我很在意成績，所以我都會去看校排……」于希顧說會注意到他是因為二下那次段考，兩人分數只差四分，自然而然就把他當成競爭對手時時留意。

「不會吧……所以你開始注意我是因為這件事情？我以為、吼——！」

看他崩潰的樣子，于希顧反而笑得很開心，這種想笑就笑、自由自在的他才最好，最真實。

「但是在那次之後，你就一直維持在倒數幾名，我就覺得你好特別，想幹麼就幹麼，隨心所欲的，不受限制，也不用在乎其他人，就好像全世界都被你握在手裡一樣。」

「你不要這樣子誇獎我啦……」他不好意思地說。

「我沒有在誇獎你。」于希顧很認真地看著他的眼睛，「我是真的很羨慕你，我一點也沒辦法像你那樣。」

「為什麼？」

「我是姑姑帶大的，她後來結婚，生了小孩，所以我不能成為她的負擔，我必須獨立，學著靠自己。」

項豪廷仔細聽著，沒有插嘴，因為這是于希顧第一次提起自己，他想好好聽完全部。

「所以，我好希望像你一樣，想笑就笑、想生氣就生氣，還很容易跟大家打成一片，被處罰被記過也都不在乎……我覺得，這樣看著你，就好像……自己也得到了一點點的自由……」他的生活太壓抑了，壓抑得喘不過氣，不細想便罷，如今與人訴說卻逐漸哽咽，雙眼蒙上一層水光。

「認識你之後，我才開始去想……如果我爸媽沒有離開得那麼早，是不是一切都會不一樣？就不會像現在這個樣子……」他最終沒忍住而哭出來了。

每天都是念書、打工、睡覺，一成不變，項豪廷光想都覺得可怕，那種日子活久了該有多難受痛苦？一點樂趣都沒有，只有在看著某個嚮往的人或事情或物品的時候會覺得自己活著。項豪廷宣洩情緒跟壓力的選擇很多，但于希顧就只有看著他才能稍感放鬆。雖然很開心也很竊喜自己能成為他的出口，但喜悅過後卻是無止盡的心疼。

「從今以後，你有我。」項豪廷說，「我會把我的一切都分給你。」

他慢慢抱住于希顧，溫度與情感都在這個擁抱緩緩傳遞，不管是開心、難過、痛苦、不捨或心疼。未來他倆會共享一切，不用再羨慕誰更自由，因為翅膀也將一人一邊，牽著手就能共同飛翔。

于希顧終於不再隱藏，不再對項豪廷存著戒備，就這樣在他懷裡放聲哭泣。

❢ ❢ ❢

隔天清晨，于希顧正準備上學卻聽見有人在敲門，透過貓眼往外看，他不由自主地笑出來，接著迅速開門。

「早。」

門外站著項豪廷，還買了早餐。

經過昨天在房裡的擁抱跟深情告白之後，兩人的關係更近了。對于希顧來說尤甚，以往他看到項豪廷並不會有這麼開心的情緒，現在卻會，還是發自內心的。

「你的早餐。」

于希顧要伸手接，卻讓項豪廷先一步抱進懷裡。他正一步步實現自己所說的「一人一半」，首先就是把自己身上的正能量與關心喜歡都傳遞給他，擁抱是最直接的方式。

「好想你。」當然，偷渡點情話也是必須的。

「你怎麼偷跑來？我自己有準備早餐啦。」于希顧指指桌上的吐司邊跟水說。

項豪廷一看就皺眉，那種東西根本不營養。

「不要吃那個，吃我準備的。」他霸道地把早餐遞給對方，還笑得特別甜，讓人捨不得拒絕。

于希顧接下並說了句「謝謝」，又問，「你專程送這個來給我？」

「當然啊！」說完後他自然地關上大門，一臉賊兮兮地說他其實還有件事想拜託，「就是，我爸還在生氣，我想說期末考考好一點讓他開心啊！」

接著，項豪廷馬上彎腰雙手合十，用像在許願一樣的語氣說：「拜託你救救倒數第二名的我吧！」

「下下週就期末考了耶。」這個佛腳也抱得太高難度。

「可以啦！你功課這麼好，一定沒問題的，而且，我有慧根啊！」他俏皮地往頭上一比，像頭小鹿，故意裝可愛的樣子讓兩人同時爆笑出聲。

「我……不是打工就是在學校……」他盤算了一下有多少時間可以挪出來，最後跟他約了週末下午一點在項豪廷的家裡唸書，打工的地方從他家出發比較順路，現在時間緊迫，實在不能浪費。

「Yes, Sir！謝謝于老師！」

「好啦，那你趕快回去，不然被罵。」于希顧滿擔心萬一他偷跑出來被發現會有更嚴重的懲罰，隱藏在話語裡的體貼與細膩暖得讓聽者渾身發燙。

臨走前，于希顧沒忘了跟他的寵物說拜拜，項豪廷湊近一看發現是隻獨角仙，倒是覺得稀奇，便好奇問牠叫什麼。

「牠沒有名字。」于希顧說。

「那，叫牠小白好了。」

項豪廷的提議沒有被反對，因此他有種自己也是獨角仙的半個主人的驕傲感，先是親暱地喊牠來吃果凍，接著又轉頭對于希顧喊一聲「小于，吃巧克力喔」，並把一樣東西塞進他掌心。

一包小小的巧克力，上面用筆寫著「**不怕了，有我在**」，後面還畫著一顆愛心，俏皮得很。

于希顧盯著那包巧克力慢慢笑了。這種放在以前只會覺得無聊的小心意現在卻覺得很甜蜜，幾乎捨不得吃掉這包巧克力。他一邊思考要怎麼保存好包裝上的字，一邊與項豪廷相視而笑，以往不曾體會過的幸福一口氣前來報到。

兩個人一起唸書的過程很順利，項豪廷有自信一定能考前三，于希顧對此不敢附和打包票，只認可項豪廷的努力，光是這樣就足夠讓項豪廷開心死了。

周六凌晨，于希顧剛結束打工，項豪廷來接他下班，說明天不用上學，帶他去散散心，回報他這陣子努力當家教老師的辛苦。兩人便騎著 UBike，一路往半山腰上一處供登山客休憩的涼亭而去。

于希顧久違地從生活壓力中解放而特別有精神，蹦蹦跳跳地跑到欄杆邊眺望遠方。整座城市變得特別小，燈光一盞盞閃閃發亮，夜風迎面吹來異常涼爽，難怪說壓力大的時候最好親近大自然吸收芬多精，其實光是遠離平常生活的環境就很有幫助。

「你看！噹啷！」

項豪廷手裡突然多了一個大袋子。于希顧不禁疑惑，剛才騎車的時候沒看到這個包啊。探頭一瞧才發現裡面裝了很多露營用的用品，連攻頂爐都有，應該是一早就拿來這裡放的，不禁虧他幹麼把東西藏在這裡。

項豪廷被吐槽只是憨傻一笑，接著從袋子裡拿出一串串燈泡掛在欄杆上，並在地上排了一個大愛心，特別迷你的就裝在一個玻璃罐裡，暖手之外也很有情調。布置完後就輪到攻頂爐跟鋼碗登場，他一邊攪拌著甜湯，于希顧則抱著玻璃罐猛笑，十分寶貝。

「謝謝你。」于希顧知道他要一邊自主複習、補習，還要花心思準備這些實在不簡單，被放在心上慎重呵護的感覺雖有點陌生，但並不壞。

項豪廷只是甜甜地笑著。他聽于希顧說過太多次謝謝，但他的想法很簡單，就是想替自己喜歡的人做一些特別的事，比起感謝的話，一個微笑更能讓項豪廷開心。

「我從小就很喜歡看星星，跟我爸媽一樣。」

「真的喔？」項豪廷這下明白了，難怪他今天會特別開心感動。

「有人說，人離開後會變成星星，在天上看著還活著的人。所以我從小不知道怎麼辨的時候，我就會跟星星說，感覺可以得到答案。」

項豪廷聽他說，他的父母某一次去追了最美麗的玫瑰星雲，之後就再也沒有回來了，所以相信他們就住在那片星雲裡。

多麼孩子氣的想法。如果換成別人，項豪廷肯定覺得很笨，但他看著于希顧的眼睛，彷彿能看見一個孩子天真且迫切地相信這件事，還時常對著天空說話的畫面——

「你相信嗎？」于希顧悄聲問，盯著項豪廷的眼睛格外堅定。

他並不是脆弱到想藉著這個問題說服他人或自己，只是這麼多年來第一次有人能走進他的內心，做為交換，他也把自己最重要珍貴的祕密說出來。

「我相信。」

項豪廷用暖暖的掌心包住他的手，接著移動到于希顧身邊把他抱進懷裡，把全身上下的溫暖統統都給他，兩人相視而笑，覺得今晚真是難得能看見這麼多星星，一閃一閃像碎鑽般美麗。

「——而且，他們現在一定在對你笑。」

于希顧聽到這句話也笑了。他怎麼會知道自己心裡也在想同一句話？每回他對爸媽說話，豁然開朗的時候也總覺得一定是爸媽在對他笑，讓他放寬心，更加振作！

映在眼底的星星在他人眼中只是璀璨，在他倆眼中卻是來自長輩的鼓勵與溫柔。

于希顧悄悄看了對方一眼，覺得身邊有個人陪伴的感覺意外地好，好得足以讓他滔滔不絕。

「我以後一定要研究星星。」他說。

項豪廷聽了卻皺眉。

「研究猩猩？那應該要念動物系？」

動物系？于希顧馬上白他一眼，此星非彼猩啊。

「物理系啦！因為天文學家通常要涉獵很多領域啊，像是力學、電磁學、統計力學、量子力學，還有相對論跟粒子物理學……」

「相對論？聽起來很難耶，這樣我怎麼可能考得上啊？」項豪廷沒料到物理系需要準備這麼多光聽就覺得可怕的學科考試，不禁有點苦惱。

不料他的發言讓于希顧產生了誤會，滿心期待地問：「你也對星星有興趣喔？」

「我是因為你，我想跟你唸同一個科系。」項豪廷的回答也滿直接。他一直都是這個個性，喜歡跟討厭從不隱瞞或迂迴。

「哪有人這樣隨隨便便決定自己的未來啊！」

「我才沒有，認真的。」

認真的。于希顧覺得好像已經聽他說過無數次這三個字了，但是每次聽見都有不同的感受，起先是狐疑、不解、沒當真，但是隨著了解越來越深，甚至開始把對方當成伴侶看待，這三個字就變質了，變得像是諾言——一定會實現的諾言。

他看著項豪廷的側臉，沒看見順著氣氛發出的狂妄或討好的成分，他是認真要把于希顧納入未來的每個決定、每個規劃裡，很難也沒關係、艱鉅才有挑戰性，項豪廷就喜歡挑戰不可能。

「決定了，就唸物理系。」

彷彿是在回應他內心的想法一樣，項豪廷也同時發了豪語。反正他想得很簡單，將來于希顧在哪裡，自己就在哪裡，即使無法並肩也只是暫時的，他倆的未來一定會有所交集。

「你到時候不要後悔。」于希顧笑他。

「我不會。」如果會後悔，那也是後悔怎麼沒早點遇見他，不然早幾年就跟他在一塊兒，多幸福啊。項豪廷說完還調皮地往于希顧臉頰上一親，「啾」的一聲。

被親的那個已經習慣了在外頭凡事小心謹慎，下意識出聲警告，卻不料項豪廷見狀直接吻住他的嘴，一股甜甜的味道在呼吸之間蔓延，在這種冷冷的天氣裡最能暖身暖心。于希顧的驚訝也在項豪廷並不躁進、只是貼著親吻的接觸下慢慢消失，獨留甜蜜。

項豪廷怕他冷，便摟得更緊，兩人都格外珍惜這一夜的悠閒。因為明天過後他們又得回到永無止境的課業壓力之中，還要面對期末考的成績。今晚，想著彼此就足矣。

夜晚，孫博翔好不容易送走了還是很不放心、不斷提醒東交代西的孫文傑，又跟幾個固定會待到關門前的常客打過招呼，接下來就是獨自一人打掃環境，想到等等要跟盧志剛一起去吃宵夜約會就打掃得特別起勁。很神奇，一旦談起戀愛就覺得世界特別美好，連討厭的打掃工作都變得可親不少。

關掉店裡的燈、拎著兩個水桶回淋浴間放好，沒了平時的音樂當背景，水嘩啦啦噴灑的聲音顯得特別日常，很有在家的感覺。

「快好了，等等幫你。」盧志剛在隔間裡喊。

「好！」孫博翔笑得開心，順道把洗手臺上的水痕擦掉，聽見開門聲下意識往鏡子裡看，結果就失神了。

盧志剛走出隔間，正把浴巾圍上腰間，精壯的身材在蒸氣的烘托下格外性感，肌膚上的水痕在燈光下閃閃發亮。孫博翔看著鏡中的人，壓根兒不需要任何多餘刺激就覺得呼吸困難。

孫博翔猛地轉身，摟著他的後頸就是一記深吻，這回盧志剛並沒有拒絕。

剛才看對方訓練得滿頭大汗，渾身充斥野性魅力的樣子，孫博翔就覺得腿間難受，這回沒被拒絕，他更是大著膽子猛烈進攻，舌頭探進對方口中舔拭吸吮。年輕的一方不顧面子，年長的一方卻有點承受不住。

盧志剛一面回應他的熱情，一面撫摸對方的身體控制他的躁進。孫博翔在刻意的引導下放緩動作，並伸手到背後直接脫掉上衣，露出鎖骨上一抹特別明顯的深色。

盧志剛其實也讓那陣熱吻激起了性慾，如果不是因為店裡已經沒有人，孫文傑也不可能突然折返，估計他也不會就這樣縱容年輕的戀人在這裡直接上壘。

他溫文一笑，恰到好處地隱匿了眼底的慾望後往洗手臺前站，引導孫博翔從後方緊緊抱著他。後者心領神會，一手在他結實的胸膛上撫觸，所到之處能感受到像是觸電那樣的微弱顫抖，讓人明知危險卻仍貪圖刺激地不願離開。

透過鏡子，他可以清晰地看見孫博翔的表情跟自己一樣寫滿對彼此的渴求，先是蓋住對方正往下探索的雙手，淡淡的微笑是最甜蜜的情話，意味著允許與縱容。

往後頸上親吻，聞到的都是沐浴乳的清香，一手上抬在胸前不斷游移，乳尖已經突起。孫博翔特別喜歡愛撫他乳尖時的手感，特別誘人，輕輕掐捏還能看見微紅的痕跡，撩慾得很。

孫博翔早在夢中對盧志剛上下其手很多次了，但是實際做卻還是第一次，顯得生嫩，只能不斷吸吮啜吻。清澈的水聲與呻吟聲在狹小的空間裡迴盪，是最有效果的催情祕方。

浴巾底下的性器早已勃起，前端隔著布料在洗手臺的瓷磚面上摩擦。也許是這般狀態的自己太過陌生，盧志剛悄悄伸手摟住肩膀，眉間緊皺，即使已經情慾焚身，他仍然有所顧忌。

那些與他有過親密關係的人，一個一個都離開了，孫博翔會不會也……他的防備與不安可從眼神與動作中窺見全貌。見他這樣，年輕的戀人備感不捨，隨後溫柔且堅定地在他的手指上落下綿密的吻，如果一個吻就代表一個誓言，那孫博翔就是把他能說的所有誓言都給了盧志剛。

「我愛你。」年輕的一方在戀人耳邊悄聲說。

簡單的三個字就給足了他勇氣。

盧志剛想到孫博翔當時就是這麼勇往直前、不怕阻礙，自己的害怕與怯懦都被無止盡的包容與熱情徹底驅趕，剩餘的只是經年累月久了難以馬上根除的固執。

兩人的視線在鏡中交會，盧志剛以笑容取代了言語，那是縱容也是寵溺。

孫博翔看懂了他眼神中的明示，他是最能明白戀人有多害怕的人。原本還有點放不開，但得到允許後，孫博翔瞬間勇氣十足，就算有再多的懷疑都有自信能用時間跟身體證明。

有別於剛才的纏綿甜膩，親吻逐漸變得侵略。盧志剛用雙手撐著洗手臺，上半身拉出一道優美的弧線，肩胛骨之間的凹陷是誘人淪落的深潭，高高翹起的臀部是另外一種更直白的引誘。

沒脫掉浴巾，而是撩起掛在臀上，孫博翔覺得眼前的景象比那些他用來學習的片子更性感撩人。

第一次永遠有無數個手忙腳亂，他在後頭忙活了一陣子就是沒辦法像片子上那麼流暢地塞進去。

盧志剛感受到他的無助，露出一抹無奈的笑。他很輕易就猜到這孩子肯定有做功課，略懂一些卻找不到竅門的表情就跟當年的自己一樣。

他覺得自己的戀人實在非常可愛，便伸出手引導他不能用蠻力，得靠技巧，而且那裡得先擴張。雖然這裡沒有潤滑劑，也不能用沐浴乳當替代，但該教的還是得教。

他帶著孫博翔的手摸到臀縫間的穴口並盡可能放鬆身體，好讓手指能輕輕探入。

「嗯……」他忍著刺痛低吟，身體努力迎合對方，因為他也同樣對於這場性愛有著迫切的渴望。

孫博翔很緊張，也擔心這樣會不會弄痛對方。見盧志剛沒有太多疼痛的感受，手指讓柔軟包圍的感覺還像是泡在黏稠的水裡一樣濡溼，憑藉著學習能力好，他不用多久就懂得如何抽動手指才能讓盧志剛溢出愉悅的呻吟。

盧志剛享受似地低下頭、翹高臀部往後蹭，藉著動作讓孫博翔知道該往哪邊磨蹭愛撫。他有過經驗，清楚身體的哪種反應代表能更進一步，當他感受到穴口的抽搐力道越來越和緩，甚至隱隱帶著麻感時便知道身體已經愛撫得差不多、可以容納更粗更硬的東西挺進了。

他往鏡子裡瞟去眼神，孫博翔一直盯著他的臉，自然馬上明白。

「啊！」

性器前端沒入穴口時兩人都同時發出低叫，意料之中的疼痛一度讓盧志剛疲軟，但隱藏在其中、仔細感受就能壓過痛楚的愉悅正在萌芽。

盧志剛悄悄睜眼又閉上，把鏡子裡那個摟著自己、雙眉緊皺卻仍小心翼翼的男孩刻進心裡，能在這種時候仍然把對方的感受放前頭，怎能不讓人感動。

「哈啊、嗯！」

「志剛、哥……啊……」孫博翔低啞地喊，不仔細聽的話甚至會以為那只是一聲聲破碎的呻吟。頭一次做愛的體驗讓他格外興奮，用手死死扣著戀人的胸部挺進，性器得以挺進特別深的地方。

「哈、啊！」盧志剛能感受到痛覺在慢慢減弱。

他將身體往後仰，把身體全權交給對方，自己則直接握著性器套弄。孫博翔此時稍稍用力扳過他的臉索吻，蠻橫霸道的樣子讓盧志剛心跳不已。

「嗯……哈……」這會兒身體已然習慣，感覺不到痛了。

性器在身體裡一進一出，恰巧摩擦到特別敏感的部分，孫博翔是新手，完全不會控制速度與力道，極度熱情與激烈地用盡全身的力氣挺進盧志剛，快感從兩人結合的地方迅速蔓延，甚至連腰間都開始痠麻發軟。

「呃、啊！嗯……」

盧志剛猛地皺眉，一種久違的熟悉感覺慢慢席捲他，摟著孫博翔頭部的手悄悄用力，渾身緊繃，穴口開始頻繁地抽搐，像是要把孫博翔的性器給咬斷那樣圈緊。

「志剛哥、志剛哥……」他甜膩地叫著，讓盧志剛渾身發抖，這陣叫聲讓他記起了幸福的感受，被深深愛著、他也熱切愛著對方的感受。

在射精的慾望到來前刻，盧志剛摟著年輕的戀人親吻，並在一次比一次更強烈激進的挺進中腰麻腿痠，必須讓孫博翔扣在懷裡繼續衝刺，直到兩人雙雙射精高潮。

「哈、哈……」

孫博翔畢竟年輕，射了一次也沒有徹底軟下來，在他體內緩緩磨蹭，那種酥麻癢的感覺最折磨人。盧志剛顫抖著讓他別動，剛高潮過的身體受不了了，孫博翔也怕太激烈，就維持著下體結合的狀態擁抱他，不時在肩膀與頸際上落下親吻。

高潮過後的餘韻與溼熱的水氣融合在一起，孫博翔沉溺其中無法自拔，盧志剛看他幸福的樣子，再瞅瞅讓不明液體玷汙的洗手臺，決定還是等一下再跟他一塊兒面對要打掃過才能離開的現實。

❢　❢　❢

期末考成績公布，項豪廷「不負希望」考了第二名！

在跟好友開心慶祝之餘，更沒忘了感謝最大的功臣于希顧，便傳達項父的意思請他回家裡吃晚餐謝謝他。

「真的喔？」于希顧早已把項豪廷看得特別重要，當然替他開心。

一進家門，于希顧馬上想著要先跟項父項母打聲招呼。

「不用啦，他們都不在。」他一邊蹲下把拖鞋放到于希顧面前一邊說，「我爸去找朋友，我媽去做里民服務。」

「那你妹呢？」

「逛康是美吧？」項豪廷隨意地說，他一向不懂女生為什麼這麼喜歡逛街，他買東西都是目標取向，少什麼逛什麼，哪像他妹是逛什麼少什麼。

「所以現在……家裡沒有人喔？」

「對啊。」嗯？等等，家裡沒人？這四個字讓項豪廷猛然回過神來，現在不就是一個超級完美、可以跟喜歡的人卿卿我我的好機會嗎？

他瞬間露出一抹算計的笑容轉身看著于希顧，後者還有點反應不過來，對著他「蛤」了一聲。

項豪廷一聲不吭，迅速把書包跟外套脫掉，瞬間露出大野狼的樣子朝他撲去。于希顧看他這樣一邊覺得好笑，一邊則順著他的表現演下去，說：「那我還是等一下再來好了。」還慢慢往後退幾步。

「幹麼晚一點？」項豪廷一把抓著他，俐落地轉身讓他往鋼琴上坐，四手搭在琴鍵上發出的聲響像是一首華爾滋的前奏。突然靠近的兩張臉上都寫著害羞與緊張，雖然之前也獨處過，但當時外面有家人，在學校裡也有同學，一起看星星時候也是戶外，像現在這樣在密閉空間裡真正獨處還是第一次。

「好色喔，我什麼都沒講，你就想到了啊？」項豪廷壞笑著把臉靠近他的頸窩，淡淡的汗味跟衣服的香氣混在一塊兒，好聞之外也特別讓人陶醉。

「我、我只是覺得不一定要在房間啊，我想在客廳看電視。」他伸手輕輕推開對方，不敢正眼直視項豪廷。

「幹麼？怕跟孫博一樣被我們脫褲子喔？」

「你們那群人，什麼事都做得出來。」在于希顧眼中，他們是自由奔放的代表，校規跟社會的規則都無法約束。

「你怎麼知道？」

突然，一雙手把他緊緊抱住，背頂著厚實的胸膛，還沒來得及反應就聽見拉鍊被突然拉下的聲音，于希顧身上的外套被隨意往地上扔，耳邊的發言特別危險，讓人聽了直發抖。

「而且我們不在乎地點！」這句話聽起來就是要直接把人吃掉的意思。

于希顧低聲喊了句「你不要鬧了啦」，卻在下一秒被整個推倒在沙發上，項豪廷直接壓在他身上對他笑，腰部以下有個部位緊緊貼在一塊兒，輕輕挪動就能有感覺。

兩人的呼吸突然變得極快，心臟怦怦怦地跳，于希顧覺得有火焰在嘴裡燒一樣口乾舌燥，每一口氣都是熱的。

「我沒有鬧，我很認真。」項豪廷伸手輕撫他的額頭，掌心都是汗水，有點溼黏，「我剛剛真的好想親你喔……」他說這句話時嗓音特別粗啞，皺緊的眉頭代表他正強忍慾望，就算很想更進一步也要等于希顧點頭。

以往他與前任們都是情緒對了、雙方沒有嚴厲反對就能接吻甚至更進一步，但面對于希顧則完全不同，項豪廷不想讓他在這份感情中有一丁點不悅或不適。

項豪廷的小心翼翼在于希顧眼中便是最美好的事物，忍不住主動吻他。而只要一方主動，接下來的發展就不是難事。

之前的每一次親吻都是淺淺的、吻一下就離開，這回不一樣，赤裸裸的慾望隨著每一次啜吻舔拭而更強烈，于希顧憑藉著本能把搭在他腰上的手慢慢上滑，被滑過的地方都像著了火般滾燙，受慾望驅使，于希顧撐著身體坐起，不若剛才被動。

項豪廷用雙手捧著他的臉極其溫柔地親吻他，並用眼神詢問他是否能繼續下去。于希顧的回答是直接伸手解他的上衣釦子，眼神格外專注，看得項豪廷渾身酥麻。

以往他這麼認真只在唸書跟考試的時候，現在對自己也這樣，是不是自己終於在他眼中也跟那些考試同等重要了？項豪廷忍不住想。

以前他從來沒有這麼激動過，碰上于希顧就什麼都變了調，光是他的一個眼神都能讓身體起反應。

于希顧也從來沒有這麼激動過，全身心都只剩下如何能讓項豪廷跟自己舒服的念頭。

貼在胸膛上的手能感覺到跳動，微黏的觸感最能引發聯想，激烈擁吻時雙腿之間的一次次摩擦實在讓人難受，兩人乾脆抱得更緊，讓雙腿之間緊密貼合毫無空隙，輕輕挪動就會引發陣陣近似於解放的快感。

兩人都正處於性衝動的年紀，再加上情意的推波助瀾，頓時忘了此處的開放性，一心只想快點把對方的衣服脫光。只有親吻與觸摸已經滿足不了他們，身體從裡到外都叫嚷著想要更多更深入的接觸，直到一聲拔高的尖叫竄進耳內——

「啊——！」

第七章

被父母撞見，項豪廷下意識地選擇了保護于希顧，就跟那時在教官室一樣。

「是我強迫他的。」項豪廷說，「是我纏著他，要他喜歡我，所以他不得不答應我！」

他當然明白這個藉口有多蠢，可是沒有更好的解決方式，他只想著砲火能集中到自己身上來就好！

「你還有理由啊？」項父氣得大罵。

「你在亂說什麼啦……」項母則是一臉無奈，很想讓兒子閉嘴，不要再火上加油。

「我沒有亂說，都是真的！」不得已，他只能把合成照片的事情拿出來擋，現在這種情況能讓于希顧脫身最要緊。

殊不知，項父竟直接向本人求證，弄得于希顧不知道該怎麼回答，說是或不是，都是把項豪廷跟自己推向無法掙脫跟辯解的窘境。但是他看著項豪廷不斷擋在自己面前嚷「要針對的話針對我」的樣子，又格外內疚，什麼話也說不出口。

「你有沒有一點倫理道德，有沒有羞恥心，要不要臉啊你！給我搞這種不正常關係還理直氣壯啊？」

「所以喜歡男生是一件很丟臉的事情嗎？」項豪廷不敢置信自己的爸爸會說出這種話來，現在都什麼時代了，還有這種老掉牙的醜陋觀念。「我喜歡誰是我的自由！」

「項豪廷！」項母就怕兩人越吵越凶，但這個兒子總是不聽勸，甚至還回了句「讓我講完」，項母急得雙眼泛淚。

「都是我的錯。」他極度男子漢地往于希顧身前一站，並握住對方的手試圖告訴他不用怕，一切有自己擋著。

項父盯著他倆交握的手臉色驟變。

于希顧眼角餘光瞅見，心下不禁一涼，身體頓時僵硬，一些不好的想法從心底猛地炸開。但沒等他來得及找地方掩蔽，項豪廷就喊出了最關鍵的一句話。

「但是我們決定在一起了。」

轉瞬之間，項父的眼神閃過許多情緒，于希顧辨識出了最重要也最關鍵的一種，不由得鬆開了手。

「不可以！」項父罵得激烈，甚至揚言只要項豪廷跟著他姓的一天就絕對不允許。

「那我改姓。」項豪廷叛逆地說。

于希顧倒抽口氣，緊接著狀況變得更糟，項父豪不留情地直接動手。即使如此，項豪廷仍執拗地擋在他身前。項母邊哭邊拉開兩人，大聲吼著不要吵。

眼前的情況越亂，于希顧越覺得愧疚不安，只覺得是他引起的，是他讓項豪廷最親密的家人失望。剛才項父眼裡閃爍的情緒像是刺，狠狠刺進他的心裡，讓他痛得像要暈厥。

「對不起。」他只能道歉，畢竟他最不希望的就是項豪廷跟家人吵架，家人是極其重要的……

項母眼見事態變糟，連忙拿起他的書包跟外套遞上，雙眼泛紅，卻仍試圖保持冷靜對他說：「于同學，請你離開我們家。」

他沉默地接下東西轉身就走，明白自己繼續待在這裡只會讓情況更惡化。項豪廷的個性跟他父親一樣特別固執，只吃軟，更何況……他不知道自己該用什麼身分留下來，因為他的存在就是這次爭執的導火線。

「于希顧！」

他聽見項豪廷的吼聲，嗓音裡蘊含著憤怒與心痛，可是他不能回應，哪怕只是一個眼神，都會讓這場家庭戰爭無轉圜餘地。

開門聲促使他加快腳步，耳內充斥著項父的怒吼跟項母哭著要他回房間的大叫，接著是門被猛力關上「砰」的一聲。

他知道項豪廷沒有追出來，忍不住鬆了口氣。這個時候，他才發現自己的眼裡滿是淚水，難受得張不開，甚至無法發聲。他只覺得抱歉，對項豪廷的父母還有妹妹，對這個世界上最親最不能傷害的……

他想到自己的姑姑，想到在玫瑰星雲裡的爸媽，不禁自問如果立場交換，他會跟項豪廷一樣勇敢、果決嗎？

腦袋混亂不已，他沒有答案，卻知道剛才項豪廷的吼聲實實在在地讓他心痛了，這是從未有過的感覺。如果這就是愛情的話，那他似乎比自己想像中還要喜歡項豪廷。

❢ ❢ ❢

項詠晴端著晚餐悄悄踏進哥哥的房間，聽他撥打電話的嗓音特別低沉，還隱隱有點哭腔。

「請幫我照顧他。」項豪廷說。

即使自己狀況如此，他仍然心繫于希顧。

項詠晴有種說不上來的情緒盤旋在心頭，哥哥好像跟平常不同，有點陌生，她卻更為欣賞喜歡。

「媽說你晚餐都沒吃。」她把碗放下說。

「我不餓。」

項詠晴看他這樣，好像全世界都沒了色彩，心疼地捧著碗坐在他身旁。

「哥，你真的喜歡男生喔？」

「男生我只喜歡他。」

「我記得你以前都喜歡大咪咪……」

「他比大咪咪還讓我更喜歡。」

聽到這麼我行我素的回答，項詠晴「嗯」了一聲確定自己的哥哥很正常，想著他以前也沒對哪一任女朋友這麼溫柔過，還特別託人照顧他。

剛才家庭革命時，她站在遠處看著，旁觀者清，當然能看見項豪廷從頭到尾都擋在于希顧身前，而且拚了命出來擋刀，就是不讓爸媽的砲火轉移到他身上。

項豪廷為難地看向她，說：「因為他沒有手機。」

項詠晴這下傻了，都這個年頭了居然還有人沒有手機，實在太難以想像。

她手裡的麵香味撲鼻，項豪廷雖然嘴硬脾氣倔，卻也敵不過妹妹的陪伴與溫情攻勢而接過那碗麵，算是接下了妹妹跟讓她送進來的家人的心意。

「我聯絡不到他。」他深吸一口氣，仍然想出門去找于希顧，「他現在一定很怕，他怕會影響到他的課業，甚至是影響到他的未來，我知道的……妳看他都撐那麼久了，好不容易撐到現在高三了耶，就因為……」跟我在一起了，才有這麼多的風波——項豪廷想說卻沒說完。

張大嘴塞進一口麵，卻又忍不住皺著臉想哭，像個大孩子一般抽抽噎噎的樣子讓身旁的妹妹跟躲在門外偷聽的人都是一陣心疼。

「他就這樣走掉，我很想衝出去把他叫住，然後告訴他『不要怕！我在！』可是……沒辦法……」

項豪廷感覺搭在他肩膀上的小手很溫暖，眼淚一潰堤就控制不住。剛才急著聯絡人交代事情實在沒有餘力擔心其他，現在則相反，好多好多想法湧上心頭，他甚至有點心慌，連筷子都拿不穩。

「等到上大學……就自由啦。」他強裝灑脫，卻更加突顯脆弱，「在那之前我可以不要聯絡他、不要跟他見面、不要跟他講話，可以不說我喜歡他，甚至我可以不要說、我愛他……但是萬一他放棄了怎麼辦？萬一他往後退了怎麼辦？我真的很害怕他往後退啊……」這些不要、這些退讓，他都願意貫徹，就為了能繼續愛。

項詠晴從沒見過哥哥這麼深情這麼痛苦的樣子，也跟著哭了。這樣的愛有多卑微，隱藏在背後的熱情就有多高漲，是專屬於項豪廷對于希顧的愛情。

兩人抱在一起哭，項豪廷哭的是這段感情的變因與動盪，項詠晴則心疼一向天不怕地不怕、連爸媽威脅都不曾動搖的哥哥這麼崩潰。

躲在門外的項母也跟著落淚，原本以為兒子會憤恨不平、大聲咒罵甚至鬧彆扭不吃不喝，可誰知她看到的卻是如此脆弱的兒子，而且……滿心都是替別人想方設法度過眼前難關，卻不惜讓自己受盡委屈，以前從沒見過這樣成熟的兒子，頓時心中五味雜陳。

⁂

項詠晴終於在寒風中等到于希顧了。她猛地來到于希顧面前遞出手中的紙袋，說是項豪廷讓她帶來的，見對方遲遲沒有伸手接下，嘖了一聲直接往對方懷裡塞後，像風一樣跑走，絲毫不給于希顧任何說話的機會。反正只要他收下袋子，任務就算完美達成，可以回去交差啦！

急奔回家後她悄悄地打開大門，就怕吵醒家裡的人。現在可是午夜，她為了送那袋東西可是費盡心思，心想要不是因為項豪廷一臉天崩地裂的絕望臉跟那幾滴眼淚，她才不會在這種大冷天還冒著被罵的風險外出呢！

沒人出來查看，很好、完美。她踮起腳尖往房間方向走，只要穿過飯廳就一切妥當啦——

「項詠晴！」

她被這聲叫喊嚇得渾身僵硬。

一扭頭就見項母一副等待已久的樣子朝她走來，邊罵這麼晚上哪去、還穿這麼少這樣太危險了，「妳上一次半夜回來我就警告過妳了，如果妳再犯就扣妳零用錢外加禁足十天！」

項詠晴一聽連忙裝委屈。

「媽咪……上一次是因為手機沒電，所以才玩過頭了……以後再也不會了！」

「那這一次呢？」她看著一臉裝無辜的女兒，悄悄問了句，「妳去幫哥哥做什麼了？」

項詠晴一時愣住，眼睛眨呀眨的。

「不要以為媽咪什麼都不知道，你們兩個都是我生的，在想什麼我都知道，還有……」她斂下眼神，要說出在心裡反覆思考的想法比想像中更難，但是沒有什麼比看著孩子痛苦還更難熬。左思右想，她最後還是敗給了一顆母親疼愛孩子們的心。

「幫哥哥可以，但是絕對不可以做危險的事，知道嗎？」

項詠晴一邊點頭，卻越點越慢、雙眼越睜越大。這話的意思……項詠晴何等聰明，驚訝過後馬上掌握這句叮嚀背後真正的意涵。

項母鼓起勇氣說完後，疲憊感席捲而來，於是一邊叮囑她快去洗澡睡覺、一邊轉身回房，一路還叨唸她的褲子太短，想遮掩情緒的意圖十分明顯。

「項豪廷……唉！」

項詠晴在今天可總算體會到「禍不單行」的真意。就在她剛把房門打開要進去的瞬間，一個人影突然竄出直接摀住她的嘴巴並帶往客廳方向，還緊張兮兮地盯著主臥房的方向就怕項母折返。

「你在的話，為什麼不出來幫我講話？」項詠晴氣呼呼地瞪著哥哥。

「東西給了嗎？」項豪廷只差沒回她一句明知故問。這種時候他出來講話還不被項母一起罵。這又不是聚餐算人頭，人頭多越便宜，一個人被唸跟兩個被罵都一樣慘。

「給了啦！」

聽她這樣說，項豪廷才放心下來，把說好的五百塊錢給她，還捏了捏妹妹的臉頰說「謝謝」後迅速溜回房間，搞得項詠晴覺得人生真難，這張五百塊也太難賺了！

項豪廷溜回房裡趴在床邊，一會兒拿起手機又放下，焦急地想他怎麼還不打來？

照平常下班時間看的話現在已經到家了，算上洗澡跟吃點東西的時間……

項豪廷皺著眉，盡可能不浮現負面想法，但「他會不會真的決定要放棄」的念頭仍時不時跑出來，不安感讓他就算真累了也無法安然入睡，執拗地想聽到他的聲音，甚至只是一句「項豪廷」。

于希顧用刀片劃開袋口，看著被放在最上面的巧克力包裝露出一抹笑。

好想你——巧克力袋上的文字是他所熟悉的，另一個巧克力的袋子他還留著，暖意相同。

再拿出另一個大盒子打開，是一支嶄新的手機，這份禮物的貴重超乎于希顧的意料，貼在手機上的小便條紙寫了一串數字，似乎該設定的都已經幫他弄好了，他只需要開機並使用。

他捏著手機跟巧克力陷入沉思。離開項豪廷家之後他想了很多，但因為生活得繼續過，所以他無法一直待於沮喪的情緒中，還是唸書、打工。但等到夜深人靜、獨自一人時，他的心思總是不由自主想到他。而在那些紛雜凌亂的念頭中，從未出現放棄這一詞。

如果之前對於「比想像中更喜歡項豪廷」這個念頭仍然存疑，現在就是徹底篤定這件事，回頭追溯，他想不起來是什麼時候陷入其中無法自拔，但……這一投入似乎特別深刻、一心一意。

該怎麼做才好呢？他邊按下撥號，邊思索這個問題。

嘟嚕嚕嚕……都嚕嚕嚕……

耳邊迴盪的鈴聲有種遙遠的縹緲感，卻能準確地打在耳骨上造成回音，等了好一會兒才接通，一連數聲「喂」竄進耳中，急促又溫暖。于希顧驚訝得發現自己居然因為項豪廷的聲音而哭了，因為他的聲音像是溫水般直接流進他的體內，沁入心脾。

『對不起，我讓你受苦了……』

于希顧從來不覺得自己受苦，真正被折磨的應該是項豪廷。他面對的是全家人的反對與不諒解，自己完全不能相比較，可是項豪廷卻牽掛著他……被人在乎的感覺很暖、很溫柔，讓人聽著聽特別安心。

『你要加油喔，我也會勇敢，相信我！你有聽到嗎？』

于希顧沒有回話，因為不知該如何開口。他不是個情緒多變、豐富的人，他的任何情緒跟想法都只能自己扛著沒人可以交流，久了就養成淡漠。項豪廷給他的愛實在太多太飽滿，他除了一邊聽他喊自己的名字一邊流淚之外，沒有其他反應。

在無法忍住哭聲之前，于希顧掛斷了電話，不斷大力地吸氣吐氣。

房間裡特別安靜，他扭頭看著身後的玫瑰星雲照片，與另外一張較小的星空照，想起項豪廷說「他們一定也在看著你」的時候，那雙眼睛真誠的程度。

仰起頭，閉著眼，他把項豪廷的話記在心裡，這回，也該輪他勇敢一次了。

❣　❣　❣

年節將至，項家所有人都動員起來大掃除，一人負責一塊區域倒也輕鬆不少。項母坐鎮中央指揮，在她的指揮下清潔順序有條不紊。

項父擦著桌子，偷偷看了一眼項豪廷，然後喊了老婆一聲。

「兒子今天很乖耶，居然無償幫忙做家事。」

「爸爸，你不要高興得太早。」項母翻了個白眼，「你兒子乖，就是不正常。」

項豪廷這陣子是沉寂不少，也不再提起于希顧的事，還很聽話，讓他幫忙什麼家事幾乎都埋著頭幹。項父看著舒心，項母卻心驚膽顫，因為項豪廷一旦乖起來……都不是好事。

正當項母沉思時，一陣幾乎要被打掃聲掩蓋的門鈴聲響起，項詠晴一開門發現是于希顧，忍不住瞪大雙眼喊「哥」。

這下子，靈魂可以說是重新回到項豪廷身體裡了。只見他雙眼發光，喜出望外地往門口衝，對於他的到來特別開心，同時也困惑他怎麼會來。

「我是來找你爸媽的。」于希顧說。

項父看到他自然沒有好臉色，怒氣沖沖地要他走；項母卻覺得意外，在得知他的來意後更是驚訝。來者是客，她讓女兒去倒水後把人請進客廳坐著。

項豪廷怕父母又要為難于希顧，氣勢洶洶地擋在他之前，跟那一天的姿態一模一樣，項母連忙卡在中間就怕父子打起來。

「你是有事情要跟我們說是不是？」她問。

于希顧先深吸口氣，而後抬眸盯著兩人看，眼神中的篤定與堅毅特別震懾人。那絕對不是憑著一腔熱血或衝動做事的人會有的神情，項母看得出來。

「我希望叔叔阿姨能同意我們交往。」于希顧說。

「你在說什麼！絕對不可能啦！」項父仍然第一個站起來反對。

項母一如既往地抱著阻止他，心底卻有些別樣的想法。

「我知道你們不能接受，也一定會擔心，但是我有信心一定會跟項豪廷一起努力，讓未來變得更好。」于希顧的一字一句都出於內心，且不躁進，平穩實在，很有說服力。

但項父絲毫聽不進去，仍大吼著不可能。

「你為什麼有信心，覺得你們可以有未來？」項母平靜地問。

「我成績一直都很好，從來沒有做過任何壞事，也一定可以考上國立的頂尖大學。我會更認真念書，也會找一份好的工作，努力奮鬥出人頭地。」于希顧所說的這些的確都是他對未來的規劃與盤算，一字不假，只是更早的時候還沒有項豪廷的位置，現在卻有了。

項父還在罵，項母把人往後拉，讓他別動這麼大氣。

「你很好，可是我們兒子……不會比較好。」她想兒子本來就不愛唸書了，現在談了戀愛，一定全心全意都放在這上面，還怎麼好好讀書考試升學？到時候能不能順利畢業都是問題啊……

于希顧這時終於露出今天的第一抹微笑。他也正是打著這個主意而來的；本來還很煩惱該怎麼切入話題，沒想到項母居然先幫他開了頭。

「阿姨請妳放心，我會教項豪廷功課，讓他考上大學，我會跟他一起解決很多問題。」

「項豪廷能不能考上大學，跟你沒有關係啦！」

項父擺明了不聽不管不答應，但項母可就不一樣了，只聽她小小聲問了句「今年嗎」就瞬間背叛了老公。被輕易背叛的一方露出不敢置信的眼神瞪著老婆，還喊了聲「媽咪」以示抗議。

「確定可以。」于希顧經過全方位盤算，斷定雖然不會太容易，但考上大學的機率還是很高的。

「你確定可以什麼啊！」項父讓老婆一句話賣了，顏面無光，罵得更是激動，只差沒有動手，「上不上大學是一回事，但是跟男生談戀愛絕對不可以啦！」

「爸！我不准你這樣說！」

「你給我閉嘴！你瞪什麼瞪？」

項父沒打算退讓，項豪廷也不能忍受爸爸對于希顧態度這麼差，項母有點招架不住，眼看就要直接上演父子互毆的戲碼，卻意外發現項豪廷並沒有進逼，反而……往後退了一點？

她往下看，于希顧正拉著項豪廷的袖子，不像自己是整個攀在老公身上阻擋的，但那個一向叛逆不聽話、總喜歡跟人對著幹的兒子居然乖乖聽話了。

「我是來找你爸媽溝通的，你不要管。」于希顧皺著眉訓他。

項豪廷氣得胸膛上下起伏，幾秒鐘後才一臉憤恨地轉過身往後站，雖仍瞪著他親爹不放，但于希顧的話對他來說就像是鐵的紀律，非得遵守不可。

這個現象讓項母的眼睛瞬間一亮。

「叔叔，阿姨，請你們給我一次機會，任何問題我們都願意去面對跟解決，只希望你們答應我們交往。」

項母差一點都要答應下來了。

「不可能！」

「爸！」

眼看情勢N度失控，項母也擋得累了，對于希顧說現在還沒辦法馬上回答，需要一點時間，請他先回去。這招表面上是在替項父顧面子跟緩和場面，實際上卻剛好相反，是在給于希顧跟兒子臺階下。

「我不會放棄的。」于希顧說，見項父氣得轉身離開，便說改天再來訪並把禮物放下就轉身要走。

「項豪廷，去擦窗戶！」她見兒子居然也想跟著一塊走，實在是氣不打一處來。都說女大不中留，怎麼兒子養大了也一樣。而且還是于希顧盯著他不放，用眼神示意他自己已有額外想法，兒子才乖乖聽話回來的！

項母有點頭疼地閉起眼睛，另一方面也心繫在飯廳生氣的老公，便讓女兒倒杯茶送過去。待她靠近時，項父馬上發難，直說那個孩子太過荒謬。

「爸爸，你有沒有覺得最近我們家氣氛真的很怪？」她耐著性子開口，還刻意放軟了嗓音來，「你們兩個話越來越少，一見面就吵架，你先冷靜下來好不好？」

項父還在氣頭上，直說一定會反對到底！

「所以你的意思要跟他斷絕父子關係，用這招威脅他？你相信我，我們兒子不會留戀的！只會馬上昭告天下就直接離開家裡！這是你要的嗎？」項母邊說邊感慨這個項家基因真可怕。

她繼續動之以情，直說兒子從有自我意識開始就不受威脅跟控制，能平安長大還不學壞就代表心地真的善良，這是做人最要緊的事。

項父知道老婆說得對，如果真的反對到底只是把兒子越推越遠，最後可能會老死不相往來；但是要他同意……又特別難。

項母見他面露猶豫，馬上乘勝追擊。

「我發現……那個小男生，他可以讓我們的兒子聽他的話耶！」

「有嗎？」項父心沒那麼細，又顧著罵，自然看不到那些細膩處。

兩夫妻凝視彼此陷入思考，一種微妙的默契在這陣沉默中緩緩產生，項母不像老公那麼堅決反對，某個念頭在腦海裡越發清晰起來。

❢　❢　❢

嗡嗡嗡嗡……嗡嗡嗡嗡……

于希顧沉默地坐在床邊，沒有馬上接起電話。

他的情緒很低落，畢竟鼓足勇氣進攻並沒有讓對方的父母鬆口同意，還差點又讓他們吵起來……他需要一點時間恢復情緒。不單是為了自己，也為了不把壞心情傳給項豪廷。

這次，應該輪到他守護項豪廷了。

手機持續震動，在不知道是第幾通時被接通，跟那一晚一樣，項豪廷仍不斷喊著「喂」，心急地問他為什麼不接電話，擔心與害怕的情緒透過話筒統統傳了過去。

『你說話啊！現在是怎樣？放棄了喔？不要了喔？』

于希顧聽著他的質問，覺得心裡暖暖的，低沉的情緒被拉高回到平常線上。那一句句的質問竄進耳裡，到心上就翻轉了一百八十度，反著聽，才是項豪廷真正的意思。

不要放棄。堅持說要。

「項豪廷。」他輕笑一聲叫喚，就像那天晚上項豪廷不斷喊他的名字那樣，「項豪廷、項豪廷、項豪廷……」

于希顧看不見對方的表情，但他想現在的項豪廷肯定很困惑。

「你叫我，我都有聽到，所以現在一聲一聲還給你，你有聽到嗎？」

『聽到了啦。』說到最後一個字時，語氣還有些撒嬌，鬧脾氣。

「你不要擔心，我不會放棄的，我會為了你，也為了自己而努力。」就算要他不斷上門拜訪、不斷被罵被趕出來也一樣，為了能夠在一起，他會堅持的。

『嗯！一起努力，一起勇敢，我們要一直、一直、一直在一起。』

項豪廷只覺得眼前有了希望，不像前陣子什麼都掌握不了，只能渾渾噩噩地過日子，現在有了共識跟目標，他就能燃起熱情朝目標奔去，因為那是能讓他跟于希顧在一塊兒的目標。

「在一起，項豪廷。」于希顧低聲重複，像是許諾，也像是許願那般發自內心。

❦ ❦ ❦

時間過得飛快，轉眼就到跨年。

今年盧志剛邀請于希顧一起在酒吧裡跟工作夥伴一起跨年，說大家一起過總比一個人過要好，大家結結實實地喧鬧一晚，吃飽喝足，還從John那裡拿了紅包，就像一個大家庭。

結束後他送于希顧回家，而後自己走在馬路上，沒有孫博翔的陪伴居然有些寂寞。

他不知道項豪廷那裡的狀況可謂一波三折、重重受阻，自然也不會知道相比之下自己的感情路順遂許多。

他原先還很擔心孫文傑會反對，所以沒有特別告訴他這件事，但孫文傑的眼睛特別利，連著幾次都用別有深意的眼神看他，之前甚至直接到「少小白」堵他。

原本以為會有一場允許與否的辯論，可誰知孫文傑竟然只給他三盒保險套，告訴他安全性行為很重要，還順道吐槽了這個不聽話的弟弟一通。

現在的狀況對盧志剛來說，實在幸福過頭了。

孫博翔對他可以說是全心全意的熱愛，甚至很多時候比自己更會吃醋鬧任性，雖然哄起來得費力氣卻也備感甜蜜。他從不敢相信這種美好屬於自己，到現在貪婪地想要更多，不過才幾個月的事。

如果這種時候也能在一起度過，那就更好了呢。盧志剛一邊責備自己太過貪心，一邊想不知道孫博翔回老家這幾天會不會乖乖的？前陣子跟他上街採買東西的時候還聽他抱怨不想回去，但盧志剛勸他要珍惜家人，因為這裡就有一個跟家裡決裂、想回去也沒辦法的人。

他經過大橋邊，想打給父親聽聽他的聲音卻因為怯懦而作罷，最終只能對著記憶中家的方向說句「新年快樂」。

幾乎所有年輕人都聚集到跨年現場去了，估計現在還出不來。大街上萬人空巷，盧志剛渾然不知自己後方跟了個人，他還沉溺在情緒的深潭裡，想著家人、想著數年未回的家，也想著又一年了，這樣的日子還會持續多久……

「志剛哥。」

耳邊傳來的呼喚讓他錯愕，回過身，就看到孫博翔正笑著看他，還不由分說地一把抱住他！

「你怎麼會在這裡？」盧志剛被抱得死緊，想掙脫卻讓他拗得妥協了，冷風中的擁抱暖了心頭並延伸到四肢，一股澀意湧上鼻尖。

「才剛吃完年夜飯，不會被家人罵嗎？」盧志剛擔心地問。

「已經過十二點了！」孫博翔拗得像個孩子，「我只想要見到你啊。」

盧志剛得承認，他真的特別喜歡這種時候的孫博翔，幼稚任性都是因他而起。

「而且，我有一件小事情要跟你說。」

「什麼事情啊？」

就見孫博翔下巴抬得老高，一臉得意地問他：「你知道我的新年願望是什麼嗎？」

盧志剛搖頭。

「我要帶你回家！」他傲氣地宣告，「他讓你離開家，我就要讓你回家，回你自己的家，我要讓你爸媽接受，並且相信我們的愛！」

說著，孫博翔突然單膝跪下，盧志剛猝不及防地傻在現場。

「他是你的初戀，我就要當你最後的戀人。」

一個比掌心大一點的書本盒子被打開，裡面是一只有雙層設計感的銀戒，沒有繁瑣誇張的設計，是盧志剛偏愛的簡單款，卻也保留了少許孫博翔熱愛的花俏元素。

當戒指被套進無名指時，一股暖流也跟著蔓延。他都要懷疑戒指是不是烤過火，不然怎麼可以這麼溫暖，這麼讓人胸口發疼。

一抬臉，孫博翔笑得得意，還高舉自己的手展示另一只同款戒指。

「這上面有刻我們的名字喔！表示從今以後，你就屬於我了！」

除了擁抱，盧志剛想不到更能表達愛意的方式了。

盧志剛潛意識裡還是懼怕的，他不敢表示也不願意讓對方表示這種承諾，太沉重了，卻不料孫博翔比他想得更直接率真，竟然直接求婚……

孫博翔並不是想得少，而是不喜歡因為害怕而綁手綁腳，他的身上滿是專屬於年輕人的勇敢跟無所畏懼。

「他跟你交往五年，我要跟你交往五年的十四倍。」

「為什麼是十四倍？」

聽他這樣問，年輕的戀人賊兮兮地笑，「因為十四倍的時候你剛好一百歲啊！也許未來的科技很進步，可以活得更長，但是我覺得一百剛剛好，所以我們幸福到一百歲吧。」

大約每句情話都是從童言童語慢慢演變而來的吧。盧志剛覺得這情話很樸實平淡，卻最能打中他的心，他忍不住抱著對方親吻，一句他很少說的情話悄悄溜出口，聽的人卻是激動萬分，慶幸自己挑在新年時候跑回來求婚。

「我愛你。」

「我更愛你。」

誰更愛誰呢？好像也不太重要了，兩顆心緊緊依偎著彼此，這個過年似乎沒那麼冷，還有點熱，整個人裡外都暖暖的，幸福。

第八章

項家父母最後還是妥協了，項母的那句話點醒了老公，畢竟兒子交過那麼多任女朋友，就只有于希顧能讓他聽話，這可比中樂透累積頭獎三百億還要難。

項父心裡仍舊反對，卻也說不過老婆，只得順著她並提出要求，今年要讓項豪廷考上前五大的國立大學，還不能是冷門科系才同意他們交往。

隔天，項豪廷跟朋友們相約在咖啡廳裡聚一下，于希顧也自然地加入這幫人之中。朋友們對於兩人目前的感情近況跟發展都給予祝福跟認同，雖然考上前五志願的條件……實在是嚴苛了點。

「放心啦！五個月很長，我之前不是努力一兩個禮拜就打敗那個姓莊的嗎？我認真起來自己都怕！」項豪廷信心滿滿地宣告。他才應該是最怕的那個，卻還有餘力安慰于希顧不准有考不上的念頭。

但項豪廷的自信與宣告，馬上敗在下週的學測模擬考成績上。

「這次學測真的不準啦！」項豪廷委屈地嚶嚶叫，「我根本沒有認真考啊，我們那時候被分開耶！不要在意這次的分數啦……」

「可是你這次真的考太低了啦！」于希顧有些生氣，好不容易建立起來的信心就這樣被擊碎了。

項豪廷委屈地重申那時候他根本無心考試，拿到考卷就隨便寫答案交卷，分數會難看很正常，可于希顧並不想理他，仍舊悶頭生氣。項豪廷見狀索性拿出昨天熬夜寫好的讀書計畫，證明自己是真的有心要唸書。

看見紙上寫得密密麻麻，甚至連洗澡吃飯睡覺時間都有，生氣的一方才鬆開緊皺的眉頭輕嘆口氣。

「那這個週末志剛哥約我慶祝滿級分的聚餐，你就不要來了，照這個計畫表好好讀書。」

項豪廷一聽連私底下僅存的相處時間都沒了，不禁委屈地說「還是要吃飯啊」。

「志剛哥約我在餐廳，這樣來回就不知道多久了，你還想浪費時間？」

「我想幫你一起慶祝啊！」

見他執拗，于希顧乾脆專心吃飯不理他。項豪廷見軟的硬的都討不了好，不禁氣呼呼地悶頭不說話，反而是于希顧看他鬧脾氣的幼稚模樣覺得好笑，小心翼翼地往四面八方看了一輪，確定沒人把視線往他們身上投射後，才慢慢靠近他的臉頰——

啾。

「我吃完飯再去找你。」他有點害羞，雙頰透著粉紅，眼神左飄右移的。

項豪廷幸福地笑了，啞著嗓音說：「我認真，我努力，那這個週末……你要給我獎勵喔。」說完就是一個回應的吻，瞞著其他人偷偷談戀愛的感覺特別甜蜜，像嘴裡含著糖果那樣甜滋滋的。

❢ ❢ ❢

項豪廷如他所說真的非常努力認真用功。

于希顧除了上學跟打工，以外的時間統統都給了項豪廷，會在學校也會到他家教學。項詠晴甚至已經習慣了哥哥房裡常會多個人這件事。

「媽媽說你是禽獸加野獸，必須把房門打開！」她可沒忘記媽媽的叮囑。

威脅利誘都不管用之下，項豪廷也只能妥協接受，反正于希顧正替他的成績著急，恨不得把一切有用的讀書招式都拿來讓他試試看，根本沒有心思考慮這以外的事。

「你看這個，拋物線……」于希顧捧著課本用鉛筆在上面畫重點。數學這門課不比國文地理有背有分，是需要徹底實踐的，所以最需要集中精神，而且一定要先把理論跟算式讀通背好，才能靈活運用。

「黃老師有說過看到這個，一定要先求這個焦點座標……」他教得認真，但項豪廷看上去還是挺漫不經心的，甚至抓著他的手腕傻笑，皺著眉甩開後繼續。

「然後這個Y減2的平方，你會求嗎？」

「嗯！」

「那你先算算看。」他把筆跟課本遞出，不料手腕再度讓他一把抓住，還把臉湊過來聞嗅，氣得他喊了一聲「項豪廷」。

「不是說要給我獎勵嗎？」他挑起眉露出壞笑問。

還沒唸書就要獎勵……于希顧實在無奈，但也明白項豪廷基本上順著毛摸就沒有問題，原本想要把獎勵放在最後給，如今看來只能提前了。

只見他打開書包，拿出一根棒棒糖遞上。

「這是什麼？」

「獎勵啊！」

「喔……那還有呢？」

為什麼雙眼閃亮亮的？于希顧沒弄清楚，問了句「還有什麼」，這下可換項豪廷鬧脾氣了。

「就這樣？我不管！我還要！」他大聲嚷道。

針對他的鬧脾氣，于希顧也找到了一套應對方式，就是不理會，跟教育小孩一樣，直到他做出正確的行為才給予獎勵。於是他馬上拿起課本唸書，讓項豪廷一個人哀號。

「我以為你不讓我去吃飯是有更多其他的獎勵耶！你都旋轉我！」

「我們還沒有正式交往。」于希顧沉著臉，說他耍人就太過分了，「要等你考上國立大學才算。」

「我不要！不要管這麼多啦！」

于希顧突然覺得自己在跟個孩子戀愛，但也沒辦法，是自己挑的，而且他拗起來還滿可愛的……于希顧只能深吸口氣，用很嚴肅的表情盯著他。

「你學測考那麼爛，到底還希不希望我們順利交往啊？」

「希望，可是我想要我的獎勵。」

啪。于希顧覺得自己的理智線斷了。

「好啊，那不要唸了，也不要交往了。」說完就開始整理書包。

為什麼弄得好像只有他在意一樣？雖然說條件是他提的，可是項豪廷也答應了啊，為什麼自己為了未來特別認真努力，他卻像是沒有一起前進的意願，如果是這樣的話，他覺得自己特別像個傻子……

他受傷難過的表情實在太明顯，項豪廷馬上知道是自己過頭了，連忙阻止他。兩人的眼神交會數秒，項豪廷這才小小聲說句「對不起」。

「是我不夠重視，從今天開始我會更努力，更認真，更用功。」接著他換上了認真努力用功的樣子，翻開課本開始算剛剛于希顧要他做的算式，十足十是要重視的人凶才會乖的小孩。

于希顧正要放下心來，卻見他又拿起棒棒糖朝自己蹭過來，本來不想理會，卻聽他在自己耳邊充滿威脅地說了句讓人臉紅心跳的宣告。

「等你上大學後，我一定會把你跟棒棒糖一起吃掉！」

說完，項豪廷還假咬了一口糖果袋子，惹得于希顧笑也不是、嚴肅也裝不起來。項豪廷接著又很認真地請他解答不會的題目，一抹笑浮上嘴角，心想教育小孩那招放在他身上一樣有用呢。

❢ ❢ ❢

「Surprise！」

于希顧傻傻地看著突然出現在門外、身上掛了一堆燈泡的項豪廷，吶吶地問：

「你不是應該在唸書嗎？」

「生日快樂！」他深情地露出微笑，「十八歲耶，開什麼玩笑，怎麼可以不過？而且啊……」他還神祕兮兮地拿出一個小紙盒，說是為他親手做了蛋糕。

「噗，螢火蟲也會做蛋糕喔？」言下之意，是笑他現在掛滿燈泡的樣子像隻螢火蟲呢。

兩人坐在矮桌前，項豪廷替他唱生日快樂歌，真摯且充滿熱情的歌聲比專業的歌手還要動聽。于希顧看著蛋糕上搖曳的燭火笑得很開心，以前從來沒有人幫他過生日。

在項豪廷的慫恿下，他雙手合十許願。

「第一個願望，希望項豪廷能順利考上前五志願。」這可以說是目前最重要的事了。

「很浪費耶！這種事不用許願一定可以達成啊！」

「最好是啦！第二個願望，希望姑姑、志剛哥、孫博、夏恩夏得、高群都可以平安健康。」

那我呢……項豪廷有點委屈，怎麼就沒聽他提到自己？但壽星最大！於是慫恿他許下第三個願望，還特別叮囑不能說出來。看著于希顧那麼認真專注的樣子，項豪廷突然挺好奇願望裡有沒有自己。

「吹蠟燭。」他溫柔地說，並趁對方吐氣的時候往額上一親，充滿憐惜與疼愛的吻讓于希顧流下感動的淚水。

那個蛋糕光看外表就知道是新手，但味道可不含糊，濃郁的巧克力味道跟鮮奶油席捲味蕾，很好地撫癒了因為讀書而缺乏的糖分。兩人並肩靠在一起分食一塊蛋糕，嘴跟心都一起被甜到了。

「欸，項豪廷。」

「嗯？」

「你不可以跑走喔。」不可以跑到我找不到你的地方去……于希顧沒有把話說得太明白，但他很怕項豪廷某一天也跑到玫瑰星雲裡。一旦嘗過幸福後就捨不得放手，甚至貪婪地想擁有更多，他想永遠永遠跟項豪廷手牽著手，一起走下去。

「嗯。」

項豪廷一邊笑他傻，一邊也心疼他的孤單，在心底默默許下諾言，這一輩子，他會牽著于希顧的手堅定地走下去，不管遇到多少困難都一樣。

頭靠在頸窩上的重量，一個個不帶情慾的親吻，都是屬於他倆的承諾。

項豪廷的改變是有目共睹的。

以往下課他總會跟著夏恩他們一起去外面打球或吃喝；上課時候聊天打屁還算小的，遇到實驗課這種可以大大方方打鬧的場合就當下課時間在用；上課能裝死不答問題就不答，這些場景現在可都看不到了。

下課時候他不再往外跑，就在教室窗臺上坐著戴耳機背國文或英文；上課時候不再跟別人聊天，專心地把黑板上的內容統統記下來，還因此得到了老師的鼓勵。被點到解題時也能流暢回應，考試成績更不用說，都有長足的進步，頓時「項豪廷改過自新努力向上」成為導師辦公室裡的熱門話題，更在女學生之間廣為流傳。

可相較於外界的議論紛紛，身為當事人的兩人並沒有多加在意。讀書更重要，於是一有時間就往圖書館衝。項豪廷果然貫徹他說的那句「會更努力，更認真，更用功」的諾言，就算是單獨相處也沒再像那一天那麼不專心。

「你要記得這一個跟這一個的差別在哪裡，因為它們兩個很像，如果你沒搞清楚的話，後面題目都不用做了。」于希顧很認真幫他把重點畫出來。

項豪廷原本很專心盯著課本跟于希顧忙碌的手，卻突然覺得眼睛痠澀，逼得他伸手去揉。

「你怎麼了？」

「不知道，有點不舒服。」項豪廷的聲音聽上去就很痛苦的感覺。

「我看。」于希顧壓著他的肩膀讓他坐好，叫他眼睛睜開。

「沒事啦……」項豪廷嘴上說著，但一睜開眼就後悔了，眼前可是專心看著他的眼睛、一臉擔憂的于希顧。他瞬間覺得有點呼吸困難，這陣子太專心在學習上，要不就是掛念剩下的進度，這時他才發現自己已經有好一陣子沒有跟于希顧有親密接觸了。

他吞了口口水，總覺得對方的臉更瘦了，但雙眼很有神，喉結因為吞嚥而上下微微滑動的感覺格外情色，扣到最上面一顆釦子的襯衫跟整齊的領帶，比零亂時候更讓人目不轉睛……

項豪廷伸出手往他的嘴角上輕摸，兩人的距離悄悄縮短，眼看就要親上，于希顧卻往後退了一點，雖是本能反應，卻讓項豪廷猛地回神。

剛剛……他是不是差一點就要親下去了？他瞪大眼睛，不敢置信地深吐一口氣。

「你、你嘴巴髒髒的啦，你看……」為了足夠逼真，他還真的往對方嘴角上一抹，「那麼油，中午吃飯都不吃乾淨，害我……又要去洗手。」他邊說邊離開來到室外，極度煩惱地抱著頭靠在牆上，完全不知道自己剛剛是著了什麼魔，居然想直接吻下去……

「嗚……可是他好可愛、好可口……」

他一邊哀號著一邊用「考試快到了」這個藉口催眠說服自己，至於身體的反應就交給運動吧！流汗可以分散注意力，疲累還能幫著麻痺五感，就不會那麼精蟲充腦。

想到就做，他乾脆直接在戶外開合跳，試圖把那些念頭拋諸腦後。就算再怎麼想、再怎麼慾求不滿也不可以放任，因為現在可是重要時刻，他必須為了未來的幸福而努力，這些慾望都要忍住。

「努力」、「加油」的念頭充斥腦海，項豪廷這下可以說是徹底體會到要讓理智掌管感性的生活有多困難，但為了未來，再艱難也得熬。

于希顧再怎麼遲鈍也能感覺到項豪廷怪怪的，詢問原因卻總被巧妙避開，他不禁疑惑是從什麼時候開始的呢？生日那時候還很親密，但……之後好像就變調了。

跟自己說話開始會心不在焉，還說不用再幫他複習功課了；以往聽到可以去于希顧家裡就開心直笑，就算只是唸書也一樣，現在卻左推右擋……這種改變跟突然開始進步的成績一樣劇烈，想忽略都難。于希顧不免開始猜想他是不是不舒服，還是複習太認真累到了……

「你來找項豪廷喔？他請病假啊，沒跟你說喔？」

「病假？」

沒想到還真的是生病了！

放學後，于希顧二話不說就到項豪廷家。他很幸運，只有項母在家，一看到他來，忙不迭地說項豪廷是用腦過度壓力太大，抵抗力低下就容易發燒生病，一早看過醫生，被交代好好睡覺把汗逼一逼就會好了。

于希顧沒想到他會用功到發燒，一時無言。

項母急著要出門，便委託他幫忙顧著，隨後接通電話就急忙衝出去了。于希顧看項母這麼忙碌，只是沉默地把書包放下，走到床邊輕摸他的額頭，透過肌膚傳來的灼燒感讓他渾身一震！

「怎麼這麼燙……」

項豪廷已經燒得分不清楚天南地北，只剩下最原始的表達能力。于希顧的體溫一向偏低，當手掌在他的臉頰上輕撫時讓他特別舒服，像是在夏日用冰涼的飲料在滾燙的肌膚上滑動，他忍不住輕哼「好熱」。

于希顧發現他連衣服都有點溼，又想到他的病因就覺得心疼，連忙用清水沾溼毛巾替他抹額頭降溫。但在那之前得先把溼透的衣服換下來，以免感冒加劇。

恍惚間，他看見項豪廷的雙眼微微睜開，卻沒有在他身上聚焦，光從這一點就知道他燒得厲害，更想著要去拿件衣服讓他替換。誰料才剛轉身、都還沒完全站起來，一股拉力就迫使他往回跌！

項豪廷扣著他的手腕把他拉到眼前，接著不顧阻攔地撐起身體坐著，于希顧以為他是知道自己來了，鬧脾氣想起來，不料他卻是用力抱著自己的後腰還一邊低喃著「好想你」，充斥在眼底的慾望根本隱藏不了。

項豪廷看穿了他想掙脫的意圖，把他的雙手扣著都往後腰上壓，還一邊嚷著「給我」、「好想要」。

「不要鬧了啦……」于希顧皺眉拒絕。對方現在是病人，還發著高燒，躺著休息以外的任何行為都不可取。

項豪廷不斷喘氣，一手扣著他的雙腕，另一手摸上他胸口開始靈活地解開釦子，接著把臉埋在袒露的肌膚上，黏膩的汗水刺激著汗毛，摩擦時候更是引起陣陣顫慄。

于希顧急了，想推開他，但顧忌著他是病人，又燒得迷迷糊糊，也不敢真的出力推擠，看上去就像是半推半就。

就在于希顧顧忌的時候，項豪廷再度握著他的手往自己的褲檔裡帶，手掌接觸的某樣東西讓他瞬間紅了臉。之前在客廳的時候還沒有進展到這一步，他根本不知道項豪廷的……有這麼大，還這麼燙……

「幫我……」

人是極受感官驅使的生物，就算起先沒有意願，在這種粗重喘息、肌膚磨蹭與實際觸摸到性器的三重刺激下，也難以避免地起了反應。除了年輕之外，他們還是戀人，會想跟喜歡的人親密接觸是再正常不過的事。

于希顧的呼吸慢慢急促，肢體很僵硬；手裡的東西好像變溼了，內褲摸起來有點黏稠的感覺，在耳邊喘氣呻吟跟直接觸摸最能觸發聯想，于希顧一下子失去語言能力，只能盯著項豪廷。

項豪廷被他眼神中的慾望給刺激得低吼一聲，不再扣著他的雙腕，轉而解開他的皮帶跟褲頭，還一邊呢喃著「我也會幫你」，一邊在對方的敏感部位上撫摸，有點粗魯的摸法終於讓于希顧放下理智。

隔著內褲觸摸的刺激感特別強烈，布料被微微弄溼後黏住性器，再被緊握住摩擦，于希顧被刺激得渾身發抖，腰間痲軟，得靠在項豪廷身上才不會跌到床上。

「哈……嗯……」

項豪廷張著嘴不斷呻吟低喘，不時在肌膚上磨蹭而過的觸感就跟隔靴搔癢一樣讓人更難以忍耐，高燒讓他的意識模糊，只能把一切都交給身體直覺反應。

兩人的視線有好幾次交會，于希顧覺得口乾舌燥、雙頰滾燙，身體裡有某種慾望正在呼喊，上次被硬生生喊停的不滿放大了慾求，褲子裡的手又特別懂愛撫的技巧，有好幾次差點腿軟直接射精。

「啊……」于希顧猛地瞪大眼睛。

項豪廷突然加快了速度摩擦，被喚醒的慾望此時更是興奮得隨之起舞，從雙腿之間炸開的異樣感特別強烈。項豪廷還悄悄往上伸手並扣住他的後頸，讓撫摸帶來的快感演變為近似於真正做愛的爽感。

「嗚、啊！」

後頸上的手溫很高，迷濛的雙眼讓項豪廷渾身上下都散發性感魅力。于希顧是第一次同時感受到肉體的快感與精神的迷戀，突然猛烈一顫，就在項豪廷的手裡直接射精，與此同時，手掌心也覺得有液體在流動，又溫又黏，就跟他的呻吟跟喘氣一樣……

高潮過後的疲軟讓他整個人往下倒，靠在項豪廷的頸窩上喘氣，餘韻還沒散去，理智先行回籠。

失去理智時有多瘋狂，理智回來的時候就會多慌張，于希顧完全體現了這點。

只見他一個用力把項豪廷往床上推，自己跑到門邊把褲子穿好衣服紮好，激情過後的慌亂讓他一度找不到平常鑽習慣的皮帶的孔，以及褲子穿好卻忘了把衣服先紮進去又得重來。

內褲被精液沾得亂七八糟，走起路來彆扭至極，但他實在沒有餘力處理完再離開，能在離去前記得把棉被蓋到某個生病還逞獸慾的人身上，已經值得被大大表揚一番了。

至於他出了項豪廷的房門就發現項詠晴半躺在客廳沙發上，看見他旋即露出驚訝表情並目睹他倉皇逃逸等事，項豪廷永遠不會知道。在他的意識裡這不過都是一場夢，一個終於可以讓他為所欲為、紓解慾望的夢。

⁂

「媽咪，睡醒了。」

一晚過後，項豪廷醒來覺得渾身輕鬆好多，雖然體力還沒有完全恢復，整體卻比昨天要好太多了。

「哎唷，流這麼多汗！」項母看著那件已經被汗水染成漸層色的衣服，心疼地摸摸他的額頭。

「嗯，我想先洗澡。」

「喔，記得吃藥喔？」項母刻意打扮要外出，臨走前突然想起來一件事又折回來交代：「欸，對了，你要記得謝謝你那個同學，于希顧喔！對吧？于希顧！」

「為什麼啊？」項豪廷摸不著頭緒，皺起眉頭問。

「你忘了？昨天下午他來幫我照顧你啊！」

項豪廷一聽，頓時把口中的水整個噴出來，嚇得項詠晴趕緊往旁邊躲。

「昨天？他昨天有來？」

眼看媽媽跟妹妹都給予肯定答覆，他突然驚覺到……他以為是夢，還在夢裡恣意耍賴，把平常用理智壓下去的慾求不滿統統對著夢裡的人傾倒發洩的……似乎是真的。

他覺得頭皮發麻，卻抵擋不了從內心深處竄上來的喜悅。這些日子以來他連限制級的念頭都不敢有，只能想著唸書唸書唸書，為了徹底杜絕念想他還想方設法避開于希顧，以為只能等到上大學才能有親密接觸的機會，沒想到——

「嗯！嘿嘿嘿嘿……」他突然發出陣陣怪笑，還不斷往項詠晴身上狂蹭，弄得親妹渾身不舒服，最後以一句「你有病吧」完整表達她對哥哥此時此刻的印象。

爽快過後，該面對的還是要面對。

項豪廷還記得兩人交往的先決條件就是要考上國立大學，也沒忘記自己答應他現在開始要努力用功這件事，所以冷靜下來後他馬上去洗了澡、吃了項母替他準備的營養餐點後直奔于希顧家。

不知道于希顧會不會生氣？項豪廷實在不敢打包票，越想越覺得很有可能，但不能因為這樣就退縮！他捏捏臉頰，把笑容重新找回來，然後按下門鈴。

沒人開門。

他靠在門上仔細聽了一會兒，確認有聽見腳步聲跟細碎的布料摩擦聲後才開口叫喚：「于希顧，你在生氣嗎？」

因為遲遲等不到回應，「他真的生氣了」的念頭猛地浮上腦海，嚇得他馬上收起嘻皮笑臉解釋：「我昨天發高燒都記不太清楚，印象都模模糊糊、斷斷續續的！對不起！我昨天是不是有對你、那個……」

門被猛地打開。

于希顧出現在門後，一臉尷尬並且刻意放輕音量說「真的沒有」，但兩人眼神才剛觸及又迅速分開，是于希顧主動移開的，項豪廷沒忽略他微紅的雙頰跟耳垂，還有特別飄忽的語氣。

「其實……我們……」

「其實什麼？」他一邊進屋一邊關上門，有點緊張地伸手搭著對方的肩膀並悄悄靠近。

「就……就是……」

項豪廷看他欲言又止還東閃西躲的樣子，不由得伸手把他往窗戶上摁，看他一臉害羞瞅自己時還忍不住想：壁咚果然是個好東西。

「我們沒有那個啦。」于希顧說，「只有摸啦。」

聽到他這樣說，項豪廷這才放下心來抱住他。幸好沒有跑上最後一壘，要不然他意識那麼模糊，哪知道自己幹了什麼，萬一弄傷或弄痛他的話……項豪廷想都不敢想。

他暗暗發誓，第一次一定要很慎重，要製造一個舒服又快樂的經驗。

他緩緩把于希顧摟進懷裡，一股清新的香味瀰漫，是項豪廷最喜歡的味道。他知道于希顧很勤儉，都是用沒有味道的香皂洗澡，沒有參雜任何雜質的體香最能撩撥他的心。

「對不起。」他悄聲說，飽含壓意與內疚，「都剩一個月了，我還這個樣子……」

于希顧感覺到他的吐氣撲在後頸上，近似於顫慄的麻癢感緩緩擴散。他並不討厭跟項豪廷親近，但是在這之前他得讓項豪廷考上國立大學才行，先後順序要分清楚，畢竟有後顧之憂的愛情……很難受，就跟不定時炸彈一樣。

不定時炸彈……這五個字突然讓他想起，前陣子項豪廷不斷躲避他、找各種藉口不單獨相處，會不會就是因為他其實也在忍的關係？儘管疑惑他卻沒有問，一方面覺得害羞，另一方面……

「沒關係，我知道你不是故意的，而且你一定會考上。」他看著項豪廷說，言談之間透著無比的信賴，畢竟項豪廷有多努力他最清楚。于希顧常常進出老師辦公室，當然有聽到老師們在討論項豪廷如果繼續維持的話，想考上國立大學絕對不會是夢想而已。

他想著在考試成績公布之前，就不要讓他因為這種不太重要的小問題而分心吧。

「為了你，我一定會做到的！」項豪廷聽他這麼說馬上雙眼發光。

于希顧輕輕抱著他，鼓勵他這陣子真的很努力，再加把勁，一個月後就能見真章了；同時也安慰他不要因為這件事而愧疚，反正也沒有真的發生什麼事，更何況，能跟病人計較什麼？真要計較，也等一個月後吧。

孫博翔正努力做最後衝刺。

他看項豪廷那麼認真努力地往目標邁進，也覺得自己該認真一點，所以打完工後，或是沒班時都躲在休息室裡複習。盧志剛會在沒什麼客人跟打烊後進來看他，幫他送杯飲料或是餅乾饅頭補充體力。

這會兒已經關店了，盧志剛拿著一杯莓果蒟蒻晶球飲料放在孫博翔手邊，後者抬臉與他相視一笑，甜蜜與默契在眼神中流轉。

「指考快到了，緊不緊張？」盧志剛關心地問。

「還好耶，就是有點缺。」孫博翔狀似苦惱地嘟起嘴說。

「缺？你缺什麼？」

一抹算計的笑容浮現，卻讓盧志剛覺得可愛，尤其在他說出「缺你」兩個字後還嘟起嘴做討親親的樣子時。盧志剛順應要求低身吻他，誰料年輕的戀人食髓知味，還要求再多五個，讓他露出無奈的笑直罵貪心。

他看著眼前幼稚的戀人，卻突然想起稍早的事情來。

他剛買完書正要回家時遇見了一個意想不到的人，他的外甥，程清。

自從離開家之後他就沒再跟家裡聯絡過，轉眼數年過去，當年還小的外甥如今也長大了，改變不少，他起先還沒認出來。

程清說家裡一切如常，外婆跟自己的媽媽都很想念他。女性始終是水做的，心最柔軟，只有外公的脾氣陰晴不定，加上也沒人敢在這位長者面前提起盧志剛，所以程清也說不準。

「不過，我覺得離你回家的那一天不遠了喔，舅舅。」

他看得出來外甥是想鼓勵他。程清是當年家中唯一支持他的，雖然離家後為了不想給他添麻煩所以避不見面，但終歸要比其他人可親一些。只是聽到這句話的時候，他心裡浮現的卻是孫博翔的臉。

回家。

對現在的他來說，孫博翔也是他的家了，所以現在的他有兩個家。

最想回去的家仍不知道哪時候會接納他，若是以前他一定會覺得失落、難受與孤獨；現在也會，但隨後就會想起孫博翔，想起他不顧一切對自己表白，永遠把自己放在第一位，絲毫不介意有時候年紀大的一方更幼稚，甚至……把自己當成他的全世界。還能有比這更讓人感動的事嗎？

「謝謝你。」他笑著將對方摟進懷裡，讓孫博翔的頭靠在自己的胸前，「謝謝你走進我的生命，讓我的生命變得更美好。」

孫博翔聽了也露出一抹稚氣的笑。

「不管發生什麼事，只要你一直在我身邊，一直愛我，喜歡我就可以啦！」在孫博翔心中，幸福從來都是這麼簡單的事，那些擔憂跟恐懼都是多餘的，只要交換了無名指承諾的手一直都牽著，就沒有什麼好怕的。

聽他特別幼稚卻暖心的承諾，盧志剛覺得鼻頭有點酸，視線漸漸迷濛，只覺得自己能再勇敢一次跨越恐懼、握住這個男孩的手真的太好了，至於牽著他的手一起回家……沒關係，他們還有很長一段路要一起牽著走，可以慢慢規劃、慢慢嘗試，直到成功的那一天到來。

第九章

于希顧不斷低頭看手機，做事的時候也特別心浮氣躁。

盧志剛明白他在擔心什麼，並沒有責備，只是有點好奇他怎麼不直接打電話或發訊息問問呢？比自己獨自擔心要好啊。

「不行。」于希顧馬上搖頭，「他壓力已經很大了，我再打給他的話，他得失心一定更重。」他太了解項豪廷的心思有多細膩，這種時候反而不能問。

盧志剛斟酌後悄悄問：「如果他沒有考上……怎麼辦？」

這句話瞬間戳中了于希顧的弱點。萬一沒考上的話……他一定會很難過很失落，但是看見自己又會逞強，不肯示弱，光是想像就覺得很心疼。

「我也不知道，但我會想辦法安慰他的。」

「我是說，如果他爸媽不允許，你們怎麼辦？」盧志剛可沒忘記這對小情侶能順理成章在一起的先決條件是什麼。

「啊？」

「看來你們早就認定彼此在一起了啊。」也太青春了吧，讓人光看著也覺得甜。

正當于希顧為難地低頭沉思時，門口傳來聲響，項豪廷臉色沉重地走到于希顧面前，渾身散發著低氣壓，生人勿近。

莫非……沒考上？盧志剛頓時後悔自己提了那個話題，這下子于希顧該煩惱了。

項豪廷沒有開口說話、只是搖頭，而後垂下眼簾苦著張臉並伸手摸著對方的後頸，正當盧志剛跟于希顧都以為他真的要哭了的時候，他卻突然給了戀人一個親吻！

「欸！到底怎麼了？」相較於盧志剛，于希顧是更緊張擔心的一方，就怕他是因為打擊太大而做出這種怪異的舉動，那可比沒考上更嚴重。

在兩道擔憂的眼神中，項豪廷這才露出詭計得逞的壞笑，大聲宣告他剛剛的落點分析結果。

「中央大學！I Got it！」

震驚過後，于希顧開心地抱著對方大喊：「太好了！」這個成績比想像中更好，剛才他故意裝模作樣耍人的事就在這巨大的開心情緒裡被遺忘了。

兩人被喜悅沖昏頭，一下子忘了還在店裡，項豪廷甚至捧著對方的臉頰要親第二次第三次，還壓低嗓音問「準備好要給我了嗎」，一副只要于希顧點頭就打算直接提槍上陣的架式。

盧志剛猝不及防地被口水嗆了一下！

「哈囉，我還在。」他不得不出聲刷一下存在感，要不這兩個開心過頭的青少年很有可能就直接在他的店裡上演不收費的動作愛情片。

「啊，嘿嘿……」項豪廷傻傻地笑，立刻安分不少。

盧志剛看他們終於苦盡甘來、可以好好享受戀愛了，不禁露出欣慰的微笑，像個終於把孩子拉拔長大可以享清福的父親。

「該好好幫你們慶祝一下才是。」盧志剛說。

❣ ❣ ❣

搞定大學後，接著要決定系所。

于希顧陪著他一起選填，但當事人卻沒什麼興趣，反而更熱衷於找房子跟──用身體表達愛。

于希顧可以理解親親摸摸的難免會誘發限制級的慾望，但次數實在太頻繁了，幾乎是每回獨處接吻的時候就會進展到撫摸身體並且聽他說「好想要」的程度，一種說不清楚是什麼的情緒逐漸盤踞心頭。

他不想在這樣的心情下跟項豪廷做愛，只能消極躲開，幸好項豪廷從來不強迫他，總是笑著岔開話題，但于希顧卻始終不明白自己為什麼會這樣。那種情緒很像是擔心、害怕或恐懼，卻苦無沒有可以商量此事的人，就只能壓著不提。

只是情緒放著不管就會發酵，如果還總悶著不揭開，那就容易在終於打開的瞬間爆炸。

一天午後，他們買了一大堆東西回來，天氣還熱得嚇人，等回到屋裡放下東西後兩個人喘得滿身是汗，項豪廷一進屋就嚷著要開電風扇，讓于希顧哭笑不得。

「我這邊沒有電風扇啦。」他笑著打開窗戶，讓外頭的自然風吹進室內。這幾年他都是這樣度過夏天的，並不覺得熱，項豪廷則是冷氣房小孩，嚷熱之餘也心疼他過得這麼節省。

「你很黏耶。」于希顧笑著推開他，兩個人身上都是汗，膩在一起簡直不能更噁心。

「好啦，要上班耶，趕快整理！」項豪廷提醒他。

考試結束後因為已經確定學校，空閒時間變多了，于希顧乾脆統統拿來打工，多賺一點大學學費，今天是因為打工時間比較晚，所以才趁著白天去採買日用品的。

項豪廷熱得脫掉衣服，癱在床邊大口喘氣，于希顧遞過來的水很解渴，還拿了毛巾幫他擦汗，項豪廷就在這時發現他換上的乾淨衣服……十分引人遐想。

他換上的是一件特別寬鬆的棉質上衣，吸汗透氣，又因為彎著腰幫他擦汗，所以能從領口直接看到胸膛，若隱若現的兩抹紅暈特別吸引人，透著一股渾然天成的誘惑。

「好了啦，自己擦。」于希顧壓根兒不知道自己成了對方眼中的佳餚，還在碎念他把東西都往地上放了，一包包撿起要收到櫃子裡，還沒走開兩步又被拽著拉回。

「幹麼，想吃喔？」他以為項豪廷餓了，邊遞出零食並憨傻地問。

項豪廷直接用行動回答。親吻從手背開始緩緩往上，所到之處都是一陣燙癢感，另一隻手順著衣服下襬往裡頭摸索。于希顧笑著說「很癢」並扭著身體想躲開，卻不料項豪廷直接一把摟著他的腰下拉到懷裡抱住，擺明了不讓他逃。

「你要幹麼啦？」

項豪廷在他耳邊說了句悄悄話，于希顧聽著覺得心裡暖，露出幸福的笑容。這笑容看在戀人眼中像是無聲的邀請，擱在身體上的手開始往裡探索，撫觸也漸漸變得曖昧挑逗。

肩膀上一陣搔癢，項豪廷隔著衣服啃咬，齒列隔著衣物摩擦肌膚讓寒毛豎起，于希顧本想像之前那樣笑著躲開，可那雙充滿慾望且執拗的眼神實在嚇人，撫摸身體的雙手也不像先前幾次充斥著試探與詢問，有一點不願就會自動收手。

于希顧突然覺得有點慌，他一直都想不出來為什麼會這麼排斥更進一步的行為。他也同樣是對性特別容易起反應的年紀，當然可以理解戀人的需求，可是……他並不想在還沒準備好的情況下發生。

他嘗試推開，可項豪廷的脣已經覆上他的頸側不斷親吻，相比前幾次更為侵略，甚至激進得讓人害怕。于希顧嘗試幾次都沒辦法讓他停止，不安、緊張、困窘與其他難以命名的情緒混雜在一起，逼得他最後只能猛力把人往外推。這一推，倒是真的把項豪廷給推醒了。

「呃！」

他的後腦勺往床邊一撞，雖然不痛，但被狠狠推開的錯愕跟不斷被拒絕、躲避所引發的小小懷疑，也像從倒地的酒瓶中緩緩流出的液體那樣充斥腦海，雙眼因為打擊而毫無生氣。

「你沒事吧……」于希顧也嚇到了，但他更怕自己一推讓對方撞到後腦勺出事就不好了，於是伸手要替他查看，但項豪廷並沒有接受他的好意。

「你怕我……？」他喃喃低問道。

先前幾次被巧妙躲開的時候還沒特別感覺，以為于希顧只是剛好沒有那個意思。事後回想也因為當時情況都是他們正在做些需要認真的事情，比如選系所、看房子、規劃未來，被拒絕也不是特別奇怪。

此時此刻，項豪廷卻是實際且清晰地感覺到于希顧在害怕。說害怕有點不精確，那是更類似於恐懼與排斥的情緒，像是一條毒蛇一樣纏繞住他的胸膛，絞得他喘不過氣來，尤其是在聽見于希顧的那一句「對不起」之後更是如此。

他覺得自己現在的樣子特別難堪，一張臉紅得像燒起來。若是平時的他，或許還可以大笑幾聲轉移話題就過了，但他看見于希顧一臉擔心、甚至內疚的眼神，心底馬上升起一股濃烈的厭惡感，是對這種狀況跟慾望無法排解的自己的厭惡。

思緒亂成一團，無法理清，項豪廷只能狼狽地抓著衣服離開。于希顧想開口挽留，卻又不知道該怎麼解釋目前的狀況跟自己的心情……他甚至連自己為什麼要拒絕都說不清楚，只知道的確是有個擔憂掛心的情緒哽在喉嚨口，逼得他連開口都難。

不應該伸手推他的……于希顧覺得都是自己的錯。

他不知道，項豪廷其實也內疚，尤其在樓下時他還抬頭盯著于希顧家的窗戶看了很久，腦袋裡滿是于希顧推開他後一臉想哭的樣子。

他不想讓喜歡的人露出這種表情，更何況原因還是自己。但……為什麼會這樣呢？在一起之前那些親吻跟碰觸他都沒有拒絕，為什麼在一起之後反而開始逃避了？項豪廷想不出原因，只能猜想是不是自己太積極了，讓他以為自己滿腦子都是黃色廢料才讓他這麼抗拒。

難道，他喜歡上的是一個對這方面不太執著的人？那……好像得調整一下自己的心態了，不然老是這樣下去，怎麼辦才好？況且還要一起去旅行，總不能一直鬧僵下去啊……項豪廷一邊往回家路上走，一邊苦惱得五官都皺成一團。

當天晚上，項豪廷在房間裡苦思了好幾個小時，訊息打了又刪刪了又打，好不容易打了一段話給于希顧，送出後竟也沒膽子等已讀或是回覆就直接關機，戰戰兢兢的樣子就像第一次跟人告白一樣緊張。

當眼前一棟巨大別墅出現時，孫博翔忍不住驚呼並往前狂奔，直呼這裡就跟峇里島一樣漂亮。盧志剛看他開心的樣子也特別愉悅，畢竟這間可是他千挑萬選挑中的民宿。

「怎麼樣，沒去過了吧？」孫博翔笑得特別樂，直問戀人是不是沒去過峇里島。

「去過啊。」盧志剛好脾氣地笑道。

「那你以後只能跟我去！」

「那員工旅遊怎麼辦？」他可是老闆，出了錢當然也要享受。

「也要帶我去啊！」這邊則是用厚臉皮走遍天下無敵手的年輕戀人。

「看你表現囉……」盧志剛沒讓孫博翔知道他的確有這個打算，對他來說多一個人負擔差不多，不過……看他這麼厚臉皮的樣子，多逗他一會兒倒也有趣。

相較於他們兩人的甜蜜，項豪廷跟于希顧這邊就顯得有些尷尬。

于希顧以為昨天那段詢問他還會不會來車站集合的訊息就是那件事結束的意思，原先還鬆了口氣，但一路上他們甚至沒講超過五句話，而且都很簡短。項豪廷不再膩在他身邊或抱或摟的，反而跟他保持能看見彼此卻無法牽手的微妙距離，說有多彆扭就有多彆扭。

項豪廷站在民宿外環顧四周，眼神跟于希顧交會，見他露出一抹淺笑時心裡有些蕩漾，但旋即別開視線，略顯刻意地清清喉嚨說他先 Check-in 後就要走進民宿。

「欸！先拍照啦！」孫博翔堅持要在這趟旅程中留下紀錄，從集合開始就拍個不停。這會兒也是吆喝眾人在民宿門口先拍張合照，透過鏡頭他卻發現一向比誰都瘋的朋友如今連笑都嫌僵硬，不禁抱怨都出來玩了就要開心一點啊。

項豪廷聽了只得擠出一抹微笑，孫博翔也不苛求，畫面好看就好。

「好啦，可以了可以了。」他說完就轉身往室內走，表情悶悶不樂，于希顧見狀卻是若有所思的樣子。

孫博翔雖然覺得奇怪，但跟戀人出來旅行的興奮與解放感暫時壓過了一切情緒，遂摟著盧志剛又打算多拍幾張，笑得可開心了。

因為是兩對戀人，項豪廷訂了兩間房間，其中一把鑰匙交給剛剛拍完照奔過來的孫博翔，另一把往自己褲子裡塞，隨後表情嚴肅地低頭填寫資料，完全不像出來玩的。

于希顧眼神中的失落與無助無法透過窗戶傳遞進去，卻被一旁的盧志剛看進心裡。

昨天在店裡就覺得他不大對勁，做事總是垂頭喪氣的，像是……剛被項豪廷跟那群朋友找麻煩的時候。

「小顧，怎麼啦？你不喜歡這裡的環境啊？」

「沒有啊，這邊很漂亮。」于希顧硬扯出一抹笑回應。

這時孫博翔衝出來，邊晃著鑰匙就把盧志剛拉走，說要先去放東西，等等直接去泡溫泉。

于希顧盯著仍在櫃檯前沒有離開的項豪廷，覺得這趟旅行似乎被自己那一推給搞砸了，心上像是被一塊大石頭給緊緊壓住，逼得他喘不過氣，他絲毫感受不到這裡的空氣有多清新。

原本應該是一場讓人開心又期待的旅行啊……為什麼現在感覺這麼彆扭？他有點委屈地想。

「走吧。」項豪廷走出來說。

房間裡的床只有一張，項豪廷便說自己睡沙發就好，床讓給于希顧睡。明明是很體貼、也不想讓戀人有不舒服感受的舉動，但為什麼聽起來卻這麼……讓人難過。

于希顧知道這並不是項豪廷用溫柔包裝的被動攻擊手法，他是真的被自己那一推給推得往後一退好幾步，並且再也沒敢上前；包裹在溫柔底下的不是生氣，是深深的自責。

「項豪廷……」他想說些什麼化解目前的尷尬，要不然還得一起相處一天多，這樣實在不行。但對方卻沒給他這樣的機會。

「啊！」項豪廷突然說進大眾池需要穿泳褲但他忘了帶，便背著包包離開，臨走前沒忘了把鑰匙留給他，但遠去的身影怎麼看都像是落荒而逃。

這間民宿的四周環境真的特別清幽，群山環繞，像是世外桃源。于希顧不想待在室內發愁，在戶外四處閒逛時遇到了盧志剛。

「志剛哥，我真的不知道怎麼辦，他問我是不是怕他……但我沒有啊。」他怕的絕對不是項豪廷，而是這種行為背後的影響與情緒，跟項豪廷本人是沒有關係的。

盧志剛看他那麼苦惱，先是無奈一笑後看向遠方。這個煩惱對他來說實在太青春了。

「我很喜歡跟他待在一起，也很喜歡看他對我笑……可是我不知道為什麼會這樣，只要他對我越好，越靠近我，我就……」就會開始心慌，開始手足無措，在考完大學後更是明顯。

「就想躲開他？」

「對……」于希顧像是抓住了救命的浮木一樣看向盧志剛，期待他能告訴自己這是怎麼一回事。

「這就是愛情啊。」他看于希顧一臉茫然，便耐著性子解釋，「他會這麼做是因為他很在乎你，你有什麼問題就直接跟他說啊。」自己一個人悶著頭煩惱、鑽牛角尖的行為對盧志剛是太久遠以前的事了。學生時代時間很多，但踏入社會後時間頓時變成最珍貴的資產，拿來煩惱感情實在CP值太低。

「你要對自己有信心，相信自己內心的感覺，勇敢跟著自己的心走。」

于希顧並不笨，知道這是要他鼓起勇氣跟項豪廷把話說開的意思，也明白項豪廷其實真的沒有想勉強自己，那時候會特別強硬……應該是因為氣氛使然加上腦袋充血的關係，被推開之後也沒有執拗地繼續，不是嗎？

盧志剛話已說盡，便笑著拍拍他的肩膀離開。他知道這種煩惱是相當私人隱密的，小顧願意跟他說那是一種信賴，他很開心，也希望這對戀人能好好坦率地面對彼此，畢竟是花了那麼大的努力才在一起的。

于希顧在盧志剛走後獨自待在原處，望著眼前可以映照出他樣子的淺淺水池想了很久很久。

他想著項豪廷從誤會自己開始、到放話想追求，又想到最後是自己先被他的執著與認真打動，變得主動且積極爭取父母認可，再到……那一次次或故意或意外的親密接觸。

除了他根本已經燒到分不清楚夢境與現實的生病的那一次外，項豪廷的確沒逼迫過他。

微涼的風吹撫，他則好好地把兩人從相識到相戀的過程回憶一次，那些難受的、開心的、喜悅的跟臉紅心跳的畫面歷歷在目，像是昨天才發生過一樣。他一邊思考，表情從一開始的凝重到不時露出微笑，雙眸承載不了過多的幸福而往外流瀉，任何人看了都會被他感染，露出同樣幸福的笑。

❣ ❣ ❣

于希顧帶著被微風與幸福回憶填滿的勇氣回到房裡。

房內，項豪廷有點無聊地盯著電視看，見他回來便關掉電視說可以準備去吃飯了。如果于希顧沒有在外面思索那一段，或許會讓項豪廷再度成功迴避獨處說開的機會。

他直接走到項豪廷面前，一聲不吭就捧起他的臉，吻住他的雙唇。

項豪廷沒有防備，竟然被吻到愣住，待雙唇一分開，于希顧那雙蘊含著豐富情感的眼睛像是能直接看進他的心底，讓他渾身一震。

「我是真的真的很喜歡你，有你的每一天，我都好快樂好快樂……美好到，好像可以擁有一切。」

跟項豪廷在一起的時候，好像什麼煩惱都微不足道，並不是項豪廷會替他解決或替他擋下，而是在一起就能有無限勇氣，再多難關也不是問題。

項豪被吻得情緒激動，反手就抱著他奪回主動權，並迫切地尋找對方的舌尖與之糾纏。這兩天他克制著不靠近于希顧、用理智壓制慾望，下場就是一旦被挑起就難以回頭。

「對不起我推了你。」于希顧有些招架不住，微微喘氣說，「我從來沒喜歡過人，所以我很害怕，我不知道我有哪一點值得被喜歡……」他還隱隱約約有種不安，覺得項豪廷是不是把這場感情當成一場遊戲在通關？每當有個目標出現，他就會特別努力、勇往直前、無所畏懼，可一旦過關了呢？會不會……哪天沒有新的目標，他就會慢慢厭煩了。更何況，他真的不知道為什麼項豪廷會喜歡自己。

沒料到會聽見這樣的答案，項豪廷一面覺得心疼，一面內疚地向他道歉。

「從現在開始不用怕了。」他堅定地看著在此時此刻特別不安的戀人，並把他的手放到自己胸口上。撲通、撲通、撲通……心跳透過肌膚傳遞，特別清晰。

「因為你在這裡，是你完整了我。」

于希顧覺得雙眼特別熱，胸膛一股暖流擴散，驅逐了那些害怕。為什麼那時候會這麼排斥呢？也許只是因為沒有自信，也或許是他們一直都忘了這三個字的魔力有多強大。

「我愛你。」于希顧噙著一抹內斂羞澀的微笑說。

「我也愛你。」項豪廷也滿足地摟著他，接著挺起身體一個用力把人往床上壓，看著他陷入柔軟被單中面露害羞的表情，雙腿之間猛地一緊，暗道晚餐應該是吃不成了。

細碎且綿密的親吻從額頭開始，到鼻尖、嘴唇、下巴，接著是鎖骨。項豪廷的動作極其溫柔，連脫他衣服時也特別小心，就算心裡的慾望已經快要壓抑不住也不見任何粗暴。

手掌悄悄伸進上衣中，乳尖早已在綿密的親吻中悄悄挺立，用指尖輕輕夾住後磨蹭時能感受到于希顧給予的猛烈回饋。

「啊……」他悄聲驚呼，雙肩微微拱起。

「不用怕……」項豪廷啞著嗓子安撫他，卻也偷偷覺得因為第一次而緊張到不斷顫抖的他特別誘人，「如果會痛，你可以喊，我馬上就停下來。」

于希顧知道項豪廷是能說到做到的。

「不是痛，是……」只要是項豪廷摸過、吻過的地方會產生莫名像是有一團團低溫度的火在肌膚表面燃燒的感覺，有點刺、麻、癢，他總忍不住發抖蜷縮，卻不是排斥。

「是太舒服了？」項豪廷盯著他，從中看出了一些端倪，不禁笑了。

他想起剛才于希顧說是第一次喜歡別人，那親密接觸應該也是第一次，也難怪他會手足無措，「沒事，放輕鬆，交給我就好了。」

他張嘴咬住身下人的白色上衣後緩緩往上撩，白皙的肌膚慢慢現蹤，像是拆禮物一樣最能勾起一窺全貌的慾望。項豪廷已經在夢中幻想過無數次，甚至還把真實當成夢境那般出手了，如今真的要有更進一步的時候他反而特別謹慎小心。

項豪廷一面親一面往下，于希顧也被這種綿密的親吻挑逗得不行，呻吟聲逐漸變得甜膩動人，順著對方輕拉褲頭的動作也跟著脫掉上衣，兩人這下都赤裸著身體，肌膚彼此磨蹭時像是有電流流過。

「項豪廷……哈……」于希顧一邊低喊，一邊盯著正把臉埋在自己雙腿之間隔著內褲舔拭性器的項豪廷，他想逃卻被抓住手腕逃不掉，只能看著他用唾液把內褲染溼。

勃起的東西被從內褲中掏出來，于希顧簡直害羞得都想找洞鑽了，一張臉紅得特別厲害，這時他感受到手腕處一鬆，項豪廷終於不再抓著他的手了。

項豪廷有提前做過功課，看了不少文章跟影片都說第一次的負擔會很大，便體貼地替他拿來一個枕頭墊在腰後，同時順勢幫他把內褲脫下來，私處被弄得一團凌亂，分不清楚黏在肌膚上的是唾液或是前列腺液，或者兩者皆是。

「我忘了帶潤滑，所以……」他露出抱歉的微笑，接著用手指撐開臀縫露出其中的穴口。以往從未讓任何人、甚至連于希顧自己都不曾看過的地方如今被項豪廷用舌頭跟手指輕輕試探著刺進，除了痛之外還很詭異，甚至緊張得渾身緊繃。

「別緊張，我慢慢來……」他一點一點地刺入手指，剛才預先吐在掌心上的唾液起不了多少作用，于希顧覺得疼卻強忍住沒喊出聲，就怕項豪廷因此而退縮。

「啊！等、不要含……嗚！」

他的緊繃太過明顯，項豪廷只能想盡辦法讓他放鬆，便張嘴含著性器前端吞吐舔拭。這招迅速減緩了痛苦，卻讓于希顧眼前一黑，雙眼無法對焦，陰莖前端極其敏感，被含著口交的刺激甚至逼得他眼角泛淚。

淫熱的舌頭像有自我意識一樣找到分泌液體的洞口就執拗地不斷刺激，後穴因此而受牽連，抽搐的頻率跟強度跟剛才無法相較，項豪廷的手指甚至能伸進去一節了。

記得……網路上說敏感點是在這裡……項豪廷努力回想當時看的、教導尋找前列腺的教學指南一邊實做，沒忘了一邊留意于希顧的反應，只要他有一點點反抗就會馬上喊停，絕不糾結——

「啊！」于希顧猛的一聲大喊。

項豪廷下意識要停手，卻發現剛才那陣叫聲的感覺不太一樣，不像是痛，反而像是因為舒服而喊出的呻吟。他抬臉一看，果然看見的是跟剛才不太一樣的于希顧。

肌膚泛著誘人的桃紅、雙眼已被淚水跟慾望填滿、用手死死摀著雙唇克制呻吟的動作，以及不再抗拒、甚至慢慢接受異物侵入的穴口，項豪廷知道自己剛剛應該是摸到重點了。

「舒服嗎？」他皺著眉問。

于希顧先是點頭然後搖頭，連他自己都不明白這是什麼感覺，只知道當穴裡的某個點被指腹摩擦時身體也會跟著發抖，想射精的慾望特別強烈，好像那裡就是能控制快感的開關一樣。

項豪廷見狀，更加賣力地取悅于希顧的身體，好讓他能承受接下來的事。

當兩人終於結合，于希顧已經毫無力氣了，只能低吟著：「啊、啊……項豪、廷……」

他躺在床上，雙腳緊緊纏在對方的腰上，從未被疼愛過的地方如今正被項豪廷的陰莖抽插，別樣的刺激感抽走了于希顧的理智。

「我在，我在……啊……」

剛才花了許多力氣愛撫，如今終於成功結合，項豪廷簡直無法更滿足，尤其是他發現戀人並沒有如想像中那樣排斥，後穴甚至在一次次的抽插中越來越溫熱柔軟後，他更是欣喜若狂。

因為是第一次，項豪廷不敢太狂暴，於是沒抽走一開始墊在他腰下的枕頭，且慎重地扶著他的腰，挺進後不急著抽動，等他的腳繞到腰後夾緊後才緩緩趴下，以最小的頻率慢慢擺腰。

「好麻、好燙……啊！」

被陌生快感席捲的一方已經沒有思考能力，只能跟著身體的快感走。每當項豪廷把陰莖深深挺進時他總會拔高聲音呻吟，退出時也無法克制地抽搐夾緊，逼得項豪廷也差一點點就要繳械。

「希顧、希顧……嗯……哈……」他張嘴尋找對方的唇並與之徹底糾纏，貪婪地吸吮對方溫熱口腔裡的瓊漿蜜液。

「啊！」于希顧突然弓起腰，指甲在對方的肩胛骨凹陷處用力摳抓。

「剛剛、好像……」他悄聲在項豪廷耳邊呢喃。他沒有經驗，但能跟項豪廷結合的滿足感足以消弭毫無技巧的缺憾。

剛才他敏銳地感覺到有某個地方會因為項豪廷的挺進而反應加劇，卻無法指出是哪裡，只能在熟悉的感覺再次襲來時在對方的耳邊呻吟。

「那裡舒服嗎？好……」項豪廷聰明地往那個地方不斷摩擦。

他們兩人在嚴格意義上都算是第一次，但有賴於前陣子刻意壓制慾望到現在一口氣爆發出來所賜，于希顧只覺得有一股特別強烈的快感從身體深處炸開，炸得他渾身發抖。

「項豪廷，項豪廷……」他緊緊抱著對方，後穴早已被抽插得發紅腫脹。

此時項豪廷突然吻住他的雙唇，並將陰莖深深埋進對方體內，最小幅度的戳刺卻能引起另一種快感，于希顧甚至沒來得及反應就被摟在懷裡插到射精了。

「嗚！嗚……」他渾身抽搐，後穴不受控制地收緊。

項豪廷還沒被慾望沖昏頭，趕在最後一刻拔出，精液只有一點點噴進穴裡，其他都射在床單跟于希顧的臀上，白濁的顏色襯著櫻色的肌膚，特別淫靡。

「哈……哈啊……項、項豪廷……」

現在的于希顧簡直不能更性感。品嘗過做愛快感的他雙眼迷濛沒有焦距，淚珠沾在眼睫毛上反射著微弱的光，身體不斷輕輕抽搐，呻吟則顯得嬌弱挑逗。如果不是知道他沒經驗，項豪廷幾乎都要懷疑他是精通做愛的高手了，不然怎麼如此性感。

「希顧……」他緊緊摟著對方，替他把凌亂的溼髮撥到額邊，細碎的親吻再度落下。仍處於高潮餘韻中的兩人眼中只有彼此，一段長時間的互相凝視後，他們捧著彼此的臉頰親吻雙脣，舒服與否已經不需要透過言語確認。

「我愛你，我好愛你……」項豪廷悄聲說，並在他的頸窩上落下一吻。

「我也是，項豪廷……」于希顧則微微縮起肩膀發出愉悅的笑聲。

此時此刻對他倆而言是最珍貴的，值得用各種方式保存珍藏在記憶深處。

❢ ❢ ❢

晚飯時間，見那兩人沒有如約出現就知道事情妥了，孫博翔不明就裡還打算去叫人，盧志剛連忙阻止他。

「可是項豪廷今天一整天都怪怪的，從一到這裡我就覺得他不對勁……」

「好了，吃飯。」

盧志剛心想人家小情侶想膩在一塊兒錯過晚餐也不關他的事，笑著把他剛挑進自己碗裡的花椰菜送回對方口中，年輕的一方是乖巧了，但只是暫時，沒過多久他又開始大驚小怪了。

「可是這間餐廳是項豪廷預約的耶！他再不來，是要吃什麼啊？不行，我還是打個電話給他一下……」

「孫博翔同學。」盧志剛沉著嗓音喊，一聽就是不太妙的氛圍。

孫博翔一扭頭就看見一張明顯不悅的臉正盯著他看。

「從坐下來開始你就一直『阿豪』、『阿豪』的，你到底心裡有沒有我啊？再這樣下去我要去隔壁桌坐了喔？」

「好啦好啦！對不起對不起，你吃嘛！」孫博翔嘿嘿笑著，還問他是不是吃醋了。

盧志剛一方面對於把人的注意力成功拐回自己身上而鬆口氣，一方面也覺得有趣，以往都是孫博翔吃醋他負責哄，偶爾立場顛倒一下反而新鮮。

但做戲得做足，至少在那兩個人沒有主動從房裡出來前，他都得讓這小孩的心思都放在自己身上，吃醋是最直接又最有效的方式。

只見他故意裝得生氣的樣子默默吃飯，孫博翔卻因為他久違地吃了飛醋而開心得不得了，一直在旁邊嘿嘿笑。

至於那對錯過了晚餐的情侶，順道也錯過了早餐。

清晨的陽光灑進房內，灑在于希顧身上，美得讓人屏息，項豪廷覺得如果以後每天早上都能看見這一幕的話，肯定非常幸福。

他坐在于希顧旁邊，手從肩膀開始輕輕往下摸，于希顧被這股動靜喚醒，睜著迷濛的雙眼看著對方。

項豪廷嘴角自然勾起一抹淺笑，那句「早安」甜膩異常，像和了蜜。

如今兩人之間不再有芥蒂，就連單純的凝視都備感幸福。坐著的一方俯下身體往那張昨晚已經親過無數回、說了無數情話的唇靠近，于希顧撐著身體坐起，反抱著他露出撒嬌的表情直笑，說這才是他想像中旅行該有的樣子，而不是像昨天那樣尷尬又生硬。

「我們去吃早餐吧。」于希顧說。

「我不要，不要不要不要！」項豪廷像個孩子一樣往對方的大腿上躺，耍賴任性的樣子卻讓于希顧覺得特別安心，因為這樣的項豪廷才是他該有的樣子。雖然成熟點很好，但任性、幼稚、耍脾氣、恣意妄為，才是最原始、最讓于希顧動心的模樣。

「那你想幹麼啊？」他苦笑著問。

「我想要今天一整天都抱著你，哪裡都不去！」

兩人相視而笑，特別珍惜這種獨處的時光，先前因為恐懼害怕而逃開來的都得一口氣補回來才行。抱持著這樣的念頭，他們還真的在床上賴著彼此直至退房時間，才慢吞吞地整理好行李跟盧志剛他們會合，跟前一天完全不同，兩人緊緊握著彼此的手，不管說什麼話都要互看一眼的樣子，讓孫博翔直嚷太甜了。

旅行完後，所有的規劃都上了軌道。新房子決定好了、也付了訂金；項豪廷買了新車準備當于希顧的專屬司機；學校的申請也早已辦妥。到了項豪廷準備搬出去的日子，就連一向嘴硬的項父也只是交代了句「記得常回來，別讓媽媽跟妹妹太擔心」就不再阻止了。

一切都在往好的方向發展。

搬新家後，他們想的當然是先邀請那群幫了大忙的兄弟們到家裡聚一聚。為此兩人忙活一早上，親自下廚煮了一桌好菜招待。大概是沒見過項豪廷這麼賢慧，大家還大驚小怪了好一陣子，讓新家充滿活潑開朗的笑聲，于希顧更是開心，甚至在散會後獨自走上屋頂，望著滿天星斗微笑。

「今天月亮好漂亮喔，你們在那邊看得到嗎？你們能告訴我嗎？」

他突然覺得有點鼻酸。這種盈滿胸膛的溫熱感，是前所未有的。今天他坐在項豪廷身邊，不管有沒有加入閒聊都覺得很開心滿足，以前他只能與書本為伍，每天讓必須考高分、必須打工賺錢的壓力壓在雙肩上，從未想過有一天能跟一群沒有利害關係的人在一起東南西北亂聊。他很喜歡這種感覺，真的很喜歡。

「帥哥！一個人嗎？」項豪廷從他身後走近，遞給他一杯珍珠奶茶。送走那群朋友後他一肩扛下了整理的任務，等忙完了才上頂樓找人。

「今天他們來，你開心嗎？」項豪廷問。

「超開心的！」

「是喔？那以後可以多找他們來這邊熱鬧熱鬧。」

因為每個人考到的學校都不同，以後能玩在一塊兒的機會基本等於零，不多找點名目聚的話搞不好就漸漸散了。項豪廷重情，所以十分樂意做那條牽起大家的線。

「你覺得……你爸媽，會喜歡我嗎？」他悄悄伸手搭上于希顧的肩膀，比起之前稍微有肉一點了，摟起來不至於感到心驚。項豪廷對這個現狀還是很滿意的，不枉費自己努力學做菜餵胖他。

「一定會！好希望他們也可以認識你喔！」

這個願望真的只能是願望了。項豪廷腦筋轉得快，他的全身心都跟于希顧綁在一起，如果說有什麼能讓他絞盡腦汁、費盡力氣，那絕對是跟于希顧有關的一切。

「那有一天我一定要帶你去一個離星星最近的地方，讓他們好好看看我們。」

「你是說……喜馬拉雅山？」

「欸？」項豪廷扯出一抹尷尬的笑，說他原本想的是玉山，「但如果你想去的話……好！我答應你，一定帶你去！」

到底自己許什麼願望才不會被承諾一定會實現啊？于希顧忍不住笑了，覺得自己實在過得太幸福，甚至有點虛假，會害怕這種幸福會突然就不見了的那種虛假。

雙脣緩緩靠近，熱情又甜蜜的親吻取代了言語。至於開始查找資料準備充實登山知識，甚至在放假時候相約一起上健身房訓練體力跟肺活量，並盡量攀爬家附近的小山當練習等的事，都還不用急，他們會在一起很久很久，來日方長。

❣ ❣ ❣

項豪廷俐落地在砧板上切紅蘿蔔，一片一片薄片用來滷肉最適合，這時一直看著鍋子的于希顧突然「啊」了一聲。

「十一點了耶，來得及嗎？」

「來得及吧，我跟我媽約十一點半，但是依她的個性一定會過十二點才來，可以啦！你看我們菜都弄好啦，等等下鍋大炒就能上菜。」

聽他這樣說，于希顧才安心下來。他從昨晚就開始緊張今天的流程跟內容，簡直像是第一次見家長的兒媳婦，項豪廷看了都想笑。

舀起一小口湯讓項豪廷試喝，後者一邊誇讚「好甜好好喝」一邊捏捏他的臉頰。

「你覺得叔叔阿姨會喜歡嗎？」

「一定會！啊，不過他們喜歡重鹹喔。」項豪廷是覺得那鍋湯已經足夠味了，但碰上那兩個嘴刁的可不好說，加上項母又是廚藝高手……嗯，真不好說。

于希顧一聽便想著那再加點鹽巴吧，卻左翻右找都沒看到，這時他才想起剛剛去超市的時候因為要拿可樂而把鹽巴忘在架子上了，急忙就要衝出門去買。

「記得帶鑰匙啊！」

「拿了。」

項豪廷一邊笑他忘東忘西，一邊又偷偷喝了口湯，接著關火打算先把購物袋裡的東西都整理放好，卻不料在袋子底部看到一個熟悉的零錢包，這不是于希顧的又是誰的？

「吼！」

他無奈地打電話叫人往回走，自己也跟著下樓要把錢包給他。誰知他卻在走到路口的時候聽見一陣震耳欲聾的煞車聲，他震驚地睜大雙眼——

第十章

項豪廷在客廳裡專心用手機處理事情，鏡片後的雙眼銳利且精明，項母則在廚房裡忙，見他放下手機後關心地問是否跟教授都聯絡好了。

「嗯，差不多了。」他簡短地回答。

「那什麼時候定機票？」

「七月中。」

「這麼快啊！」

項豪廷說提早一點去適應環境會比較理想，畢竟是在國外人生地不熟，有很多人際關係跟地緣環境需要摸索，早點到總比掐準時間卻手忙腳亂要好。

項母笑著說一些不太重要的閒話，項豪廷只是面露微笑聽著，不時回答幾句，比起前幾年更穩重成熟，卻也更為沉默，許多情緒已經不再外顯，改往內心深處堆疊。

「真捨不得你走耶……」項母感性地說。

孩子大了有出息了，要去國外讀研，是件高興的事，只是為人母的心情還是希望孩子在身邊時時刻刻都看得見。

項豪廷沒有說話。在心底他也是捨不得家人的，但……要離開一個其實已經沒有最深刻牽掛的地方並沒有想像中那麼難，至少對他來說……不到讓他落淚的程度。

他已經很多年沒有哭過了，算一算……有六年了吧。

❢ ❢ ❢

因為出國在即，他必須把很多東西都處理掉，能被好好利用的東西就不能浪費，到時候房間空出來還可以做其他用途。

登山用品他已經列了清單所以不用愁，倒是今天學弟妹問他能不能接收他用過的課本參考書跟筆記等，左右都用不著，他便大方說可以，但得等他整理清單。

他回到房間找出裝滿書的收納抽屜一本本看，卻在某一本書底下看見一個餅乾盒子，一時呆愣。

他已經很多年沒有見過這個盒子了。在那件事之後，他把所有的念想跟記憶都塞進這個盒子裡，選擇用不看不想的方式麻痺自己。這招沒有想像中有用，他還是成天哭，反而是時間最殘酷，他哭的頻率越來越緩和，這個盒子也成了不能打開的潘朵拉之盒……

不，潘朵拉仁慈多了，至少裡頭還有希望，這個盒子裡卻一點希望也沒有。

項母從外頭走進，看見兒子看著那盒子眼中泛淚也覺得鼻頭一酸，她當然明白那個盒子對項豪廷的意義。

這幾年，除了情緒最崩潰最黑暗的那段時間之外，她的寶貝兒子就像是要用忙碌忘記傷痛、忘記那個人一樣，拚命唸書、打工，一點閒暇時間都不肯留給自己，旁人看了心疼，卻也無能為力。

又有什麼辦法呢？意外之所以被稱為意外，就是因為它不可預料。

❢ ❢ ❢

孫博翔一回家就感覺到盧志剛似乎並不開心。

他已經不是六年前的毛躁少年，褪去稚氣後的他跟以前相比成熟不少，只是淺淺一笑，耐著性子把外套掛好後才隨口問他怎麼了。

「你是不是有什麼事情要告訴我？」盧志剛頭也沒回地問。

「啊？哪有？」孫博翔倒不是在裝傻，而是真的沒有概念。直到他發現放在椅子上一個熟悉的禮盒後才反應過來，雖然是意料之內的事。

「又被退回來了喔？我是想說你爸生日，總該表示一下啊！」孫博翔的想法很簡單，他們禮貌做足、心意傳到，對方想怎麼處置他們也管不著，而且送著送著，搞不好就送到人家喜歡的東西啦，有做才有機會。

盧志剛見他還笑得出來，氣更是不打一處來。

「不是說好不要再送任何東西了嗎？你不要忘了，每年我們去送都被趕出來耶！」

「可是我覺得一年有比一年好啊！」孫博翔倒是樂觀。任誰經過第一年去送禮結果被拿著菜刀揚言要砍人的洗禮後都會變得特別樂觀，畢竟也無法更糟了。

今年，至少他們有踏進家門——雖然馬上就被趕出來了，還弄得大家極其尷尬。

「但是我覺得今年的尷尬跟去年的相比，有層次上的差異啊。」

「最好是！」盧志剛才不信什麼有差異，自己被趕出來還好，但他不能忍受孫博翔也被這樣對待。早些時候還想著有一天能回去，現在卻沒有這麼強烈的慾望了，反而孫博翔越發像當年的自己，熱情激進得很。

孫博翔還加碼，說他覺得今年盧志剛的爸爸有微笑，比起前幾年總板著臉要強上太多了。但他的說法又被戀人罵回來，說他是做設計做到頭昏眼花了。

「可能吧。」他笑著哄哄戀人，「但這也是我的動力啊，有做才有機會嘛！」

盧志剛知道他會這麼執拗也是為自己著想，心疼卻無法避免，但因為說不過只能默默回到流理臺前切菜。當戀人討好似的蹭上來稱讚他廚藝好刀工好時，不禁輕哼一聲，還說要懲罰他今天只能吃一碗飯。

喀、喀……切菜的聲音不絕於耳，被設計圖跟客戶摧殘一整天已經筋疲力盡的孫博翔悄悄靠在他身上，補充來自戀人的愛的能量，一邊笑得特別幸福。沒有什麼比回到溫暖的家休息更幸福的事了，對他來說這就是最美好的日常。

❢ ❢ ❢

這天，項豪廷約了那個在他心中能優先接收登山裝備的學弟在咖啡廳見面。

他站在外頭透過玻璃窗往裡看，那張臉曾在第一次見到時勾起他的萬千情緒，卻在這幾年成為他單方面的心靈寄託。

他想老天的確很喜歡跟他開玩笑，要不然怎麼會給他一個跟于希顧長得一模一樣、個性卻全然相反的學弟呢？

「你又遲到！」學弟忍不住虧他。

「對不起啊。」項豪廷苦笑著說。

學弟性子直爽，早替他點了一桌子菜，還跟他介紹哪些餐點好吃，完全是個活在自己世界裡特別開心的男孩。相較之下項豪廷特別沉默，只是一直盯著他的臉看，盯到對方難得地覺得有點不自在，頻頻問他是不是臉上沾到東西。

「沒有。」項豪廷搖頭說。

隨後，一張寫滿登山裝備的單子交到學弟手中，項豪廷也不囉嗦，讓他有想要的儘管開口。

「哇，學長你裝備超狂的耶！」他直說就不挑了，全部都要！這些裝備去外面買價格可嚇人，現在可以免費、誰還跟你挑來挑去啊。他直嚷著賺到，那張笑臉看在項豪廷眼中卻特別揪心。

另一個有這張臉的人，不會、也沒機會再這樣子笑了。

這四年間，他看著學弟那張跟沉默、憂鬱無緣的臉，想起的卻是另一個人。其實今天來這裡見面他是有點糾結的，因為他翻出了那個盒子，深埋心底的記憶也跟著被揪出，擾亂了情感，他實在沒有把握能看著這張臉還氣定神閒。

但，出乎他意料的是，他並沒有失態。

也許是已經真正接受事實的關係，他很清楚地知道眼前的人不叫「于希顧」，所以當他吐出那兩個字的時候，對方是有些呆愣的。

「拜拜。這次要好好跟你說再見了。」

這一次，要好好的跟于希顧說再見了。

懷抱著只有他才懂的憂傷與痛苦，項豪廷扔下一張鈔票，背起包包就走。

等在店外要一起逛街的妹妹看出他眼底的沉痛，卻聰慧地沒有追問，只是陪著哥哥去挑選禮物，準備送給幫他申請研究所跟安排住所的學姊。

這些年來，有很多話題她都不敢提，也不能提，因為她不希望親愛的哥哥二度受傷。

但有的時候，命運就是會在你沒防備的時候朝你發動攻擊，逼得你不得不接招，也不管你接得有多狼狽、多難看——

❣ ❣ ❣

——「你變了耶。」

——「那一起意外真的太突然了……他沒有爸媽，所以後事是他姑姑辦的，他姑姑說想要低調一點，所以沒人知道時間跟地點在哪……」

——「今天如果沒有遇到你，我也不會想起他……」

是因為逃避了六年，所以出國前才讓他一口氣品嘗六年份的思念與哀傷嗎？

項豪廷坐在路邊，背靠著讓路人拿來當椅子坐的巨大石塊，臉頰上的溫熱感提醒著他哪些是淚水、哪些才是雨水。

在服飾店巧遇李思妤，因為懷念而共進晚餐，席間他們有一搭沒一搭的閒聊，卻突然聊到了于希顧。對項豪廷來說，那是一個絕對不能從他人口中溜出來的話題。因為除了他之外，沒人曾經這麼深刻地愛過于希顧。也正因為如此，他才被李思妤的那句話給狠狠打了一頓。

回到家後他終於把那個餅乾盒子打開，把連同記憶一起埋藏的物件一個個拿出來看，每看一樣，眼前就浮現一個回憶、一個片段、一個畫面。

那一天，他坐在教室裡等待那位傳說中的學霸，于希顧。

那一天，他本想在那張臉上畫圖案，卻被一聲吼給嚇得往床上跌。

那一天，他被于希顧狠狠揍了一拳。

那一天，他終於發現自己是喜歡于希顧的。

那一天，他們跨越障礙走到一起。

那一天，一起過了生日，還掛著燈泡拍照。

那一天，他們吵架了。

那一天，親吻的滋味。

那一天，擁抱後的滿足。

無數個那一天，都存在這小小的盒子裡，但也就僅止於此了。那些回憶不會增加，卻會褪色、會漸漸被遺忘，被時間的流水一點點帶走。

項豪廷很怕，怕自己哪天也慢慢淡忘了他，所以他一有時間就登山，跑到距離星星最近的地方對著天空說話，每回開頭都是「希顧，你最近好不好？我來看你了」，每回的結束也都是「那我之後再來看你，你幫我跟爸爸媽媽問好」。

可是任憑他再怎麼想，于希顧也不會回來了。

突然間一股無力感席捲而來，悲傷，痛苦，徬徨與無助迫使他離開家中，卻不知道能上哪去。他就待在大雨中，不知道時間過去多久，只知道突然有輛車朝他靠近，接著是孫博翔撐著雨傘走到他旁邊。

❣ ❣ ❣

項豪廷失蹤的事情很快驚動了所有朋友。

孫博翔接到電話後馬上開車出去找人，所有能想得到的地方都衝了，最後算是他運氣好，在路邊撈到淋成落湯雞的好友，帶回家讓他沖熱水澡後，通知大家找到人了，才算畫上句號。

孫博翔知道好友的情緒低落，卻不知道發生什麼事，問了後只得到一句話：「我變了。」

「我們都變了啊。」

「可是他沒有變啊！」項豪廷崩潰地說。

「他」指的是誰，孫博翔再清楚不過。當年好友最痛苦的時候身邊雖然有好友家人陪著，卻沒人真正感同身受他的悲傷與絕望，只有與他一起走過同條道路的孫博翔能懂，那是心臟讓挖去一半，再也填不起來的痛。

這一句話讓他明白好友始終沒有從悲傷中走出來。他只是換了身乾淨的衣服，告訴大家他離開情緒的泥沼了，可實際上……他仍然深陷其中，只是無人往下看他那雙已經被淹沒的腳掌，一旦有個契機他就會再度跌回泥沼，例如今晚。

「他的時間還是停留在十八歲的時候，而我只能繼續下去，停不下來。」他紅著眼眶，頓了一會兒繼續說：「我一直很渴望可以拉近跟他的距離，所以我不斷登山，不斷往可以更靠近星空的山上去，好像伸手就可以摸到星星，好像可以觸碰到……」

他突然哽咽得說不出後面的話。

仰頭一飲而盡杯裡的酒，液體滑過喉嚨時所引發的刺痛感能夠醒神，也會麻醉神經。項豪廷不是故意依賴酒精的，而是在偶然之下領悟到它的妙用，在幾個無法好好安睡的夜晚才會用它麻醉思考。

「可是這樣是不對的。」他輕咳兩聲說，「就算我再怎麼想靠近他，事實上我跟他的距離就是會……越來越遠，他依舊是十八歲，只有我變了……」他終於忍受不了，二度哭了出來。

那些無處不在的害怕與恐懼，此時像是爪子一樣緊緊抓著他的心臟，他無法想像自己就這樣繼續往前走，走著走著……在沒有于希顧的未來，他能夠走去哪裡。

這些年的作為像是白費，就算他登上了喜馬拉雅山，那又怎麼樣呢？那裡有的是十八歲的于希顧，他卻可能已經三、四十好幾，這樣的追尋與寄託……光是想像就覺得徬徨無助。

沒有于希顧陪伴的後半生，是死的、沒有意義的。

「可是十八歲的他身邊，也一直有十八歲的你啊。」孫博翔安慰他。

「我還是常常夢到那個路口，那輛車，他就躺在那裡，我不管怎麼幫他都……我什麼也做不了。」

那個路口對他來說是一個噩夢的象徵，孫博翔明白的。

一杯酒喝光了又是一杯，孫博翔不心疼那瓶酒，但朋友的身體能不能一口氣承受那麼多酒精是個問題，他忍不住勸了句：「好了啦。」

「他留下來的東西真的很少，你知道嗎？每一個都是畫面，每一個都是回憶，那些東西把我塞得好滿，滿到我快撐不住了。」他粗喘著氣，在酒精的催化下無法好好控制情緒，那些被強行驅逐或掩蓋的負面想法趁隙傾巢而出。

「孫博，你知道嗎？我真的試著想要把他忘記……」他抬起臉看著好友，看著或許是唯一一個最懂他的人，只覺得自己特別可笑，還很狼狽，居然有過這樣的念頭。

「但我做不到。

「我唯一能做的就是一直把他記著，帶著他一起活著，可是我這樣真的好痛苦喔……我真的很想念他，想到心好痛……我再這樣下去我一定撐不住……」

試著想未來的第二個十八年、第三個十八年、第四個十八年……他會變成三十六歲、五十四歲、七十二歲，可于希顧呢？仍然是……十八歲……

還有什麼能比這個更讓人痛苦的？項豪廷想不出來。

「你不需要忘記他，你只需要繼續前進，你都帶著他走到這了耶。」孫博翔覺得這個念頭特別蠢。根本沒必要忘記，那是項豪廷的根。如果沒有于希顧，項豪廷不會是現在這個樣子，雖然記得很痛苦，但是忘記的話……豈不是更遺憾嗎？他不樂意看好友更痛苦。

「如果你找不到方向的話，就跟著當下的自己走，總會找到出口的。」孫博翔這幾年讓社會磨得特別厲害，想法也不若以前尖銳，他變得沉穩、可靠，也知道項豪廷的迷茫並不奇怪。他愛得太深刻了，哪可能這麼快走出來。與其勉強他快點振作，不如鼓勵他學習跟這種情緒和遺憾共處。

項豪廷猛地一吸鼻子而後泣不成聲。各種情緒在心頭盤旋、打擊他，好的、壞的、積極的、消極的，統統攪和在一起，換做平時他還能用理智抗衡，但接連的衝擊讓理智潰堤，如今的他只剩下一個念頭。

「我真的不知道怎麼一個人走下去……」一個人，好孤單……項豪廷胡亂抹著眼淚，甚至已經哭到無法思考。

「你還有我們啊，你從來都不是一個人。」雖然無法代替于希顧，但……至少他們都能在項豪廷崩潰的時候扶他一把，也能在需要的時候給他一個擁抱，這都是家人朋友們做得到的，不管要花上幾個十八年才能走出來或接受，他們都在。

項豪廷聽了更是無法控制地趴在孫博翔膝蓋上痛哭，耳邊聽到好友哄孩子一樣安撫他：「好了，沒事了。」更是難受，除了覺得給朋友添麻煩外，也認知到這是他從今以後要優先面對跟處理的大考題。

或許，他還得用上一輩子的時間，寫完這張考卷，而且，沒有人能替他審閱，因為人生，從來都沒有正確答案跟分數可言。

❦ ❦ ❦

程清的突然造訪，讓盧志剛跟孫博翔特別意外。

「大忙人，你今天怎麼有空來這？」盧志剛笑著問。程清現在可是演藝圈的當紅炸子雞，行程滿檔，刻意抽出時間過來實在滿反常的。

程清在聽見這句話有些尷尬地輕咳一聲，挪了一下坐姿才緩緩開口：「我在想我該怎麼跟你們道歉，為我之前犯的錯。」

沙發另一邊的兩人互看一眼，都沒頭緒。

「為什麼要道歉？」盧志剛問。

「我會錯意了。」程清嘆了口氣。都怪他工作太忙，也沒有對外公讓他把禮盒退回去的欲言又止多加聯想，光是想到因為自己疏忽而可能引發的種種後果，他就忍不住背脊發涼，一早就衝來解釋。

他的猶豫看在另外兩人眼中就是個負面訊息。程清是目前他們跟老家的唯一聯繫，再加上之前禮盒被退，盧志剛頓時又覺得悶火，讓程清有話直說。

「就那健康食品啊，外公不是要我退給你們，我以為只是這樣，但……他還有其他涵義。」

盧志剛心道「果然」，一把抓住孫博翔搭在自己膝頭上、具有安撫意義的手，一方面讓伴侶為自己所牽制，一方面……也是變相地安撫自己。

「外公希望你們兩個以後不要再送了。」程清說。

相較於盧志剛的頹然與無奈，孫博翔更為激進，馬上說如果是外公不喜歡的話可以改送別的，拚了命想讓盧志剛回家的心願看在當事人眼中……豈止是百倍千倍的心疼而已。

「不是東西的問題。」程清皺眉反駁，「你們送得再多，外公也還是不能理解啊，外公是想要說——」

「等一下，如果是那些很負面的話……就可以不用講了，我們自己可以想像。」兩人對看一眼，均有默契，反正這些年聽過的還少嗎，都能寫成一本語錄了！

程清突然覺得他這幾年學到的說話技術還真不是白學的，原來光是語帶保留就能有這麼多聯想——想歸想，他卻沒打算在親人身上實踐，所以馬上就把重點拋了出來。

「外公是要我跟你們兩個說——舅舅，你可以回家了。」

事出突然，兩人先是愣了一下，緊接著孫博翔率先有反應，開心地問是不是志剛哥可以回家了，得到的回應卻更讓他驚喜。

「外公說，你也可以一起回去。」

「我、我也可以？哇！」

盧志剛不敢相信這一切是真的，一言不發地走回房間，孫博翔確認過這個消息不假後馬上跟著蹭回房間，留下程清一人待在客廳看電視打發時間。

房內，盧志剛趴在床鋪上，肩膀輕輕地上下抖動。

這個消息實在太過突然，雖然是一直都期待的結果，但當真正到來時他反而不知道該如何面對，還不斷猜想那到底是真是假。

孫博翔看他這樣也特別開心，跟著趴到床上抹掉他的眼淚讓他別哭，直說這是一件應該高興的事，這下子他真的有兩個家了。

「明天我請個假，嗯？」然後，一起回家吧。

兩人窩在床上相擁，盧志剛甚至感動的話都說不好，只是一個勁兒地在伴侶懷裡撒嬌，盈滿淚水的眼眶裡映著一個外表已然成熟、內心卻仍存稚氣的男孩的臉，是一路以來始終熱情，且認定是他就不能更改過的孫博翔的臉。

終於得以回家的人因而笑得特別幸福，就連哭聲都透著喜悅。

白天的臺北市馬路特別壅塞。

項豪廷開車停在一條斑馬線前，旁邊兩名穿著熟悉高中運動服的學生勾肩搭背地走過，看在項豪廷眼裡卻特別耀眼奪目。

曾經，他跟于希顧也是那麼親密，那麼年輕，以為未來那麼大，夠他們闖蕩，累了就回到彼此懷中休息，幸福不過如此。

可誰知道，如今只剩他一個人，于希顧則永遠停留在十八歲。

他看著那兩個學生，情緒悄悄爬上臉龐，他難以說明現在的自己是什麼樣的心情，孤單、寂寞、難受、想念、委屈、徬徨……樣樣都有，攪和在一起成了一杯難以言喻的特調。

——「可是十八歲的于希顧身邊，也永遠都有十八歲的你啊！」

孫博翔的話突然閃過腦海。

他吞了口口水，整個人回到記憶的片段中，回到無數個「那一天」裡。

那一天，他們手牽著手，笑著追逐彼此，對未來充滿無限美好與想像。

那一天，他躺在于希顧的大腿上，與他共享同一首音樂，聽什麼其實不大要緊，重點是跟于希顧在一塊兒。

那一天，他替在教室睡著的于希顧蓋上外套，自己則看著他的睡臉也跟著小睡了一下。午後的教室特別好睡，屢試不爽。

那一天，他們在校園裡複習，還找到了難得的四葉幸運草。

一邊回想無數個「那一天」，項豪廷發現自己的嘴角竟微微上勾，除了遺憾與難過外似乎有一些別樣的情緒正在醞釀。十八歲的他跟十八歲的于希顧，會永永遠遠陪伴在彼此身邊，沒有煩惱、沒有痛苦，也沒有遺憾。

——「你不用忘記他。」

他想，也許未來的幾年他想起來時還是會有些難過，但不會遺忘的。他會永遠記得他跟于希顧的每一天、每一刻，然後懷抱著這些回憶與遺憾走下去，一直走，一直走……

日子總是會繼續往前走，不等人，也不為誰停留，他註定會一直增加歲數，跟于希顧離得越來越遠，但不要緊，他早已有所打算，讀完研究所後他打算在國外多留兩年，帶著十八歲的于希顧跟自己多看看這個世界，然後……等做好準備，再去距離星星最近的地方看他。

綠燈了，他踩下油門，穿過馬路，消失在臺北的街頭。

IF結局——那一天，你還在

項豪廷睜開眼睛，一時之間竟然不知道自己身在何處，自己又是誰，臉頰有點冰涼，像是被水沾溼後又讓風吹撫的感覺。

別過臉，于希顧的睡臉映入眼簾，比起高中時候要豐腴不少的臉龐看上去順眼多了，唯一不變的是纖長的睫毛與略顯慘白的膚色，就算這幾年開始頻繁往戶外跑也不見晒黑。

他的呼吸既深又長，是最適合在山上呼吸的方式。當初為了練習這種呼吸法，他跟于希顧每天都盯著彼此的喘氣頻率，不知道的還以為他們在練習拉梅茲呼吸法。

啊、呼吸……他慢慢想起來兩人所處的地方是排雲山莊。

又夢見當初的場景了。他嚇得渾身是汗，睡袋因此變得悶熱異常，視線往外瞅，已有一縷曙光灑進室內，他想著還能趕在用餐前的一小段時間把冷汗擦乾，不料他一動，于希顧就跟著張開眼。

「時間到了嗎？」他悄聲問，因為這間寢室裡不只有他們兩人，還有其他一起爬山的山友，太大聲容易吵到人。

「還沒。」項豪廷說，並接著指指自己溼透的頭髮。

「好溼……」于希顧索性也跟著起來，輕手輕腳地找到鋪平在背包上陰乾的毛巾替他擦拭，餘光瞅見項豪廷的臉色實在難看，隨口一問是不是做惡夢了，卻不料項豪廷渾身一震，雙眉緊皺！

「做惡夢了？」于希顧有些心疼，畢竟昨晚入睡前他顯得有些不安定，做惡夢也實在不奇怪。

「又夢到……你出車禍那天，身上都是血……」他心有餘悸，因為夢裡的細節特別清晰，那一天的恐懼仍殘留在骨髓中。

那一場車禍，讓于希顧重傷，甚至一度心跳停止。夢中的他甚至已經離開，只剩自己一個人在人生路上慢慢前進，即使考了大學、進入知名的物理學研究所，他的身邊始終少了一個人陪伴，那像是心被掏空了一樣，不管睡著醒著都深感恐慌，等回過神來已經滿臉都是淚水的那種……

「都過多久了……」于希顧瞇起眼，眼中是被關懷的喜悅，以及對愛人的柔情。

「我還在，別擔心。」

項豪廷緊緊抱住對方，像是要把他嵌進身體裡那樣用力。于希顧可是他一路牽手走過來最珍貴的寶物，別說失去，碰了撞了他都要心疼上老半天。「說好了要在一起的啊！不准毀約！」

突然，他感覺懷裡的人挪了一下，覆在背上的手也隱隱發顫，項豪廷晚了幾秒才反應過來自己幹了一件多蠢的事情。

怎麼就把不安的情緒傳過去了呢？明明那麼珍惜他，有煩惱跟不開心都自己往肚裡吞的……

「應該是昨天睡前不太舒服的關係啦！」他眨著眼睛說，音量有少許提高。

「噓！」于希顧連忙摀住他的嘴，不然吵醒其他山友就不好了，「小聲點，沒事，我在這裡，不會讓你一個人的。」

項豪廷眨著大大的雙眼，嗚嗚兩聲並點了頭，眼裡的驚懼尚未完全褪去，如同窗外的雲霧，一時難以飄散。

兩人跟著團友一起吃過早餐後，就離開排雲山莊了。

今天是登山行程的第二天，預定是直接攻頂後再順著原路返回山莊，明天再下山。

項豪廷上了大學後才開始接觸登山，于希顧則是長久沒有運動又偏瘦弱，加上那場車禍後續休養了一段很長的時間，再如何喜歡親近山林也有實質上的限制。但千里之行始於足下，所以他們在做足準備後選擇了難度較低、三天兩夜的登山行程做為攀登百岳的起點。

他們走在攻頂的路上，經過挑選的背包能有效支撐物品的重量而不會讓雙腿發麻癱軟，當初于希顧說挑便宜的就好，項豪廷不讓，直說他做過功課，背包跟登山鞋是最需要砸重金的項目。

「包包一整天都要背著，鞋子承載你的全身重量耶！」

就這兩句話讓于希顧妥協了，但項豪廷知道他身上能動用的存款不算多，所以私底下替他結了帳，被拆穿時還一臉笑嘻嘻地耍賴皮，直說這是老公的職責，弄得他哭笑不得。

他們兩人的資歷最淺，所以排在最後面，經驗豐富的領隊在他們後面壓陣，一旦有人落隊或不適都能即時反應照顧。

一路上大家走得不快，畢竟不像兩天一夜那樣趕著下山，因此聊天嘻笑的聲音此起彼落。項豪廷卻有些沉默，只有當于希顧回過頭看著他時才馬上露出笑容。

他還在想著昨晚的夢。他知道這個夢的起因是什麼，很多年前那場在路口的景象迄今仍記憶猶新，雖然並沒有造成遺憾，但在項豪廷心裡卻紮實地種下恐懼。

「還好嗎？」領隊看項豪廷的腳步有點飄，便關心問道。

「啊？啊！還好，我只是在想事情……」項豪廷說。

「要專心喔，失足受傷的話就要回山莊休息了喔。」領隊拍拍他的肩膀，讓他盡量往裡靠。

攀登玉山主峰有分兩種路線，東埔的「八通關線」較難，就連經驗老到的登山家都極少利用，而選擇西側的「塔塔加鞍部線」。這條路線有完整的登山路線規劃與設備，對初學者極其友好，這時他們只要握住登山步道的鐵鍊，且留意腳步，就能一邊欣賞遠山的美好風景一邊往上攀登，霧氣在太陽逐漸攀升的同時緩緩消散，空氣特別清新，項豪廷悄悄加快腳步跟上于希顧，看他滿頭是汗，便解下腰間的毛巾幫他擦汗。

「謝謝。」于希顧謹記著呼吸法，一步一步穩定地往上，但他沒漏聽剛才領隊跟項豪廷的對話，在吸吐之間勉強吐了句：「在想那個夢？」

「嗯？沒有啊！我是在想、等等攻頂的時候風景有多好看！」項豪廷隨口扯謊。

「風景很美的，會讓你忘記那個夢。」于希顧笑著說。

他已經不再是那個青澀稚嫩的少年了，跟項豪廷在一起也不是一天兩天，對他的拗脾氣格外有經驗，知道這種時候不能反駁，順著話往下帶開才是正解，況且跟他爭辯言語上的在意與否實在沒有意義。

于希顧把毛巾還給他，繼續攀登，這回卻沒忘了牽著項豪廷一塊兒往前走幾步後鬆開。爬山時牽著手是挺危險的事，但久久停留在掌心的溫度卻成功讓那些恐懼與不安退到很深很深的角落待著，不會消失，卻能妥善共存。

❢ ❢ ❢

攻頂的那一刻，項豪廷被眼前的景象給震懾住了。

眼前的景色是一片翠藍，天空一點雲朵也無，一望無際都是山林，太陽光輝灑下來讓整片山林像被撒了一層金粉一樣閃耀。但即使是這麼大的太陽也不見熱，滿身汗用毛巾擦拭一下就好了，不怕被風吹到感冒。

領隊讓大家把包包放在同一塊區域內，想拍照的可以趁這段時間，肚子餓了也可以趁現在吃點麵包巧克力，時間到了再整隊回到排雲山莊。

大夥兒花了點時間順氣後，紛紛跑到紀念碑前面拍照，年紀稍大的都說要多拍幾張回去跟朋友炫耀，氣氛特別熱絡。

項豪廷沒跟著上去湊熱鬧。他拉著于希顧慢慢走到一邊，跟大家隔了一段距離。

他也想拍照，但更想跟于希顧膩在一起，畢竟他會對山跟天空產生興趣，也是因為于希顧喜歡。

「不能晚上來，有點可惜。」項豪廷說。

「沒關係。」于希顧倒是不怎麼在意，反正這裡並不是他們的最終目標，而是起點，「等回到山莊可以再跟他們說，我們踏出第一步了，離他們越來越近了！」

他們當初的目標可是攻頂喜馬拉雅山，站在距離玫瑰星雲最近的地方跟于希顧的父母報告一切平安的！

「嗯！他們一定很開心。」

「真的嗎？」于希顧笑得特別甜蜜，並悄悄地看了一下還在紀念碑邊拍照聊天看景色的其他人，確定沒有人在看他們後，才大著膽子往項豪廷的臉頰上親了一下。

「謝謝。」

「說謝謝不如多親幾下咧！」項豪廷挑起眉毛逗他。

「現在在外面！」于希顧當然不可能在這裡親他。兩人相視而笑，沒有親吻，他的替代方法就是悄悄伸手在項豪廷的掌心上輕摳，無聲的承諾比任何誓言都要更美。

他們實在太沉溺在兩人世界裡了，導致領隊說要下山了他們才趕忙跑去紀念碑旁請團友幫忙拍了幾張合照，手忙腳亂的樣子讓團裡的長輩們哈哈大笑，直說這兩個小孩太可愛了。

❢ ❢ ❢

入夜，團友們在房裡沒有早早就寢，還在分享攻頂玉山的興奮心情，甚至相約下回繼續攀登其他座高峰，笑聲頻傳，于希顧受到情緒感染也跟著發出笑聲。

「開心嗎？」項豪廷手捧著熱可可問。

「很開心啊！可以跟你在一起，一起來看爸爸媽媽，很開心！」他咧開嘴笑得特別燦爛，「對了，你還會不舒服嗎？會不會耳鳴、頭暈或頭痛想吐？」

「沒啦！」項豪廷知道他想問的其實是那個夢境而不是身體狀況，但神奇的是從攻頂結束返回排雲山莊直到現在，他都未曾再想起那個夢，反而已經在心裡盤算下回可以攀登哪些山岳。陽明山雖然算不上有難度，但是可以順便去泡個溫泉，也是挺吸引人的。

「那就好，沒事不要亂夢啦，我跟你都要長命百歲，還要把臺灣的山都爬過後往國外發展，征服世界最高峰耶。」

這個野望聽起來特別不真實，但他們有很多種充滿可能性的未來，不愁實現不了，只怕沒有跨出第一步。如今的玉山攻頂，就是第一步。

項豪廷發出一陣尷尬的笑聲，直說「不夢了」，接著抬起頭凝視滿天星斗。雖看不到玫瑰星雲，但星空都是相連的。

「于爸，于媽，我知道你們聽得到。」他摟住于希顧的肩膀將他納入懷中，另一隻手悄悄從口袋裡拿出一個小盒子。他準備很久了，一心想著一定得在這裡給才有意義。

于希顧微微抬起臉看他，沒感覺到自己的中指已經讓對方摸索到並握在指間。

「我們今天很努力，成功攀登玉山，可惜我們沒辦法在夜晚的時候攀登，不然就可以直接跟你們說了。」

他懷裡的人用後腦勺輕輕撞著他的胸膛，特別甜蜜。

「未來我們也會繼續攀登其他山岳，最後一定會爬上喜馬拉雅山，在最靠近星星的地方請你們放心把兒子交給我，在那之前，還請你們耐心等一下。我保證，一定把你們兒子捧在掌心上，好好對他。」

「什麼啦，那麼慎重……」于希顧笑他。

「希顧。」

隨著這聲呼喚，一個堅硬的圈狀物往中指的根部套。待他回過神來舉起手看才發現那是一枚銀色的戒指，沒有任何雕花裝飾，只有正中央一顆鑲嵌在戒身中的鑽石特別閃耀，甚至比滿天星斗更璀璨。

「這個戒指，是訂婚戒指。」他慎重地把另外一枚塞進他的掌心，「裡面都有刻我們的名字，我覺得在今天這種特別的日子裡，一定要有個紀念才行。」他還強調這枚戒指沒有很貴，做為兩人攜手前進的起點最適合了，就是怕于希顧心疼錢。

「等我們要去爬喜馬拉雅山的時候，就是結婚戒指了。到時候你可不准說不，只能說『我願意』。」

「項豪廷……」于希顧驚訝得說不出話來，掌心都給掐到出現一道戒痕了，他卻不知道是該罵他又亂花錢，還是該說他實在太細心，居然精心準備了這麼一個驚喜，嚇得他眼角泛淚，差點要哭出來。

「哪有人這樣的啦！」他啞著嗓子罵。

「有啊，我啊！」項豪廷痞痞地說。

隨後他催促于希顧替他戴上，被可可徹底溫暖過的肌膚能清晰地感覺到刻在戒指內緣上的字。他一邊低聲喊「希顧」，一邊順著他的臉頰吻上嘴唇，甜膩濃烈的可可香隨著越來越急促的呼吸而越發濃烈。最後是于希顧顧忌著這裡是外面、又身處高山上，這種容易讓呼吸紊亂的事情得避免，才把逐漸往失控邊緣蹭的熱吻給擋了下來。

「到時候的結婚戒指，換我了。」于希顧滿足地躲在項豪廷的懷抱中，並用他的外套蓋住自己的身體，只露出頭在外面磨蹭，像極了怕冷的小動物。

「好啊，我們可以一起挑款式，孫博有推一間給我看，這個就是在那邊挑的……」

兩人有一搭沒一搭地聊天，眼前的滿天星星閃呀閃的，像是對他們決定要手牽著手一路走下去這個決定，給予祝福那般溫柔且璀璨奪目。

全文完

後記

大家好，我是冬彌！

做為一路追著History系列而來的忠實觀眾，能以改編作者的身分在這裡跟大家見面真的很開心很感動。

雖然並不是第一次接改編戲劇的小說案子，但每一次我都當成第一次一樣慎重以對，這一次的青春校園題材更是讓我直接回到學生時代，感謝寫出優秀劇本的邵慧婷編劇跟把文字化做美好畫面的蔡宓潔導演！

不知道大家這次看戲看得還過癮嗎？

這齣戲一度讓我陷入情緒之中，因為我想到了對我來說非常特別的每個「那一天」，也深深感受到編劇在文字中蘊含的情感，那些對自己來說的那一天，其實就是堆砌一個人的根本。

如果沒有那些特別的「那一天」，我們就不會是特別的「自己」。

寫這本的時候我壓力特別大，因為劇本中的角色其實都已經非常精采飽滿了，彼此間的火花也很亮眼，我反而不知道哪些可以刪哪些不能，糾結很久，要如何寫得好看更是另一種考驗，希望看完書後的大家能喜歡這些特別鮮明的孩子，跟他們所經歷過的那些又酸又甜、永遠銘刻於心，無數個「那一天」。

最後，謝謝辛苦的淳編，妳真的超棒的！

也謝謝邵慧婷編劇，蔡宓潔導演，為我們呈現這麼精采的戲劇。

當然，最重要的當然是History系列的開創者，林佩瑜編劇，愛妳！

希望能在下一本書跟大家見面唷，愛你們（比心）！

那一天

MAKE
OUR DAYS
COUNT
HIStory3

那一天 MAKE OUR DAYS COUNT HIStory3

原著編劇／邵慧婷
作　　者／冬彌
發 行 人／黃鎮隆
副總經理／陳君平
總 編 輯／洪琇菁
執行編輯／曾鈺淳
美術監製／沙雲佩
美術編輯／李政儀
國際版權／黃令歡
企劃宣傳／邱小祐、劉宜蓉
文字校對／施亞蒨
內文排版／謝青秀

國家圖書館出版品預行編目資料

那一天：HIStory3 / 冬彌小說作者；邵慧婷原著編劇. -- 1 版. -- 臺北市：尖端出版：家庭傳媒城邦分公司發行, 2019.12
面；　公分

ISBN 978-957-10-8796-2（平裝）

863.57　　108018396

出版／城邦文化事業股份有限公司　尖端出版
台北市 104 中山區民生東路二段 141 號 10 樓
電話：（02）2500-7600　傳真：（02）2500-2683
讀者服務信箱：7novels@mail2.spp.com.tw
發行／英屬蓋曼群島商家庭傳媒股份有限公司城邦分公司　尖端出版
台北市 104 中山區民生東路二段 141 號 10 樓
電話：（02）2500-7600　傳真：（02）2500-1979
劃撥專線：（03）312-4212
戶名：英屬蓋曼群島商家庭傳媒（股）公司城邦分公司
劃撥帳號：50003021
※ 劃撥金額未滿 500 元，請加付掛號郵資 50 元
法律顧問／王子文律師　元禾法律事務所　台北市羅斯福路三段 37 號 15 樓

台灣地區總經銷／中彰投以北（含宜花東）　楨彥有限公司
電話：（02）8919-3369　傳真：（02）8914-5524
雲嘉以南　威信圖書有限公司
（嘉義公司）電話：0800-028-028　傳真：（05）233-3863
（高雄公司）電話：0800-028-028　傳真：（07）373-0087
馬新地區總經銷／城邦（馬新）出版集團 Cite（M）Sdn Bhd
電話：603-9057-8822　傳真：603-9057-6622
E-mail：cite@cite.com.my
香港地區總經銷／城邦（香港）出版集團 Cite（H.K.）Publishing Group Limited
電話：852-2508-6231　傳真：852-2578-9337
E-mail：hkcite@biznetvigator.com

版　次／2019 年 12 月 1 版 1 刷　Printed in Taiwan

版權聲明
本書原名為《那一天：HIStory 3》。
本著作物中文繁體版，經巧克科技新媒體股份有限公司、原著邵慧婷授權作者冬彌改編，並授予城邦文化事業股份有限公司尖端出版獨家發行，非經書面同意，不得以任何形式，任意重製轉載。

版權所有．侵權必究
本書若有破損或缺頁，請寄回本公司更換